庫

人参倶楽部

佐藤正午

光 文 社

人参倶楽部　目次

失恋倶楽部

ときどき女房の他に何人の女を知っているか指を折ってみることがある。客足がふいにとぎれ、洗い物も片付き、仕込みの材料も不足がなくて、ふだんなら入口の扉にぶらさげた鐘が鳴るまで読みふける文庫本の小説も開く気がしない、そんなときに。カウンターの内側で丸椅子《まるいす》に腰かけて、片手に煙草《たばこ》をくゆらしながら。

ひょっとしたら、客がいないときにも店内に流しているカセットテープの音楽が（さまざまな恋や恋人たちを扱った歌の文句が）知らず知らずのうちに私の眼を思い出の方へ向けさせるのかもしれない。午後八時から午前五時まで営業のスナック・バーを一人できりもりしていると、年に何度か必ずそんな時間が巡ってくる。

女房と知り合う前。交際中。結婚後。それぞれの時期にそれぞれの相手がいた。といって、もちろん男と女の関係が三つの時期に都合よくおさまるはずもなく、なかには跨《また》がって交際の続いた女性もいるし、ずいぶん昔に切れたのが結婚後に再会して焼けぼっくいに火がついた相手もいるし、いつだったか思い出せない、名前も顔さえもはっきりしない女たちもいる。

私はなにもそれらの記憶を掘りおこそうと躍起《やっき》になるわけではない。実をいうと彼女たちとの出会いの順番も、交際の期間も、愁嘆場の台詞《せりふ》も、別れの場所も、頭のなかには何もなくてただ思いつくまま指を折っていくだけだ。眠るために羊の数をかぞえるのとちょうど逆の要領の、単なる暇つぶしだといっていいだろう。年に何べんも思い出にひたれるほど私は感傷的な人間ではない。月日が忘れさせてくれる事柄はそのままに、忘れてしまった方がいいと思っている。

ただし、一つだけ、忘れようとしてもいつまでも残り続けることがあって、それは彼女たちの職業である。なにしろ私は水商売を十七年もやっている男なので、とうぜん相手のほとんどが同じ世界の女性ということになる。同じ世界の女性でない場合も、おそらくクラブのボーイ時代に身についた癖《くせ》だろう、私がまっさきに覚えこみ、そして最後まで忘れないのは、その客がどんな種類の仕事にたずさわっているかという点である。だから奇妙なことに、指を折るとき私の頭にあるのは決って、相手が水商売の女性であれば彼女たちが勤めていた店の名前、それ以外の場合でもやはりそのころ彼女たちが就いていた職業なのだ。

人参倶楽部《にんじんくらぶ》という名のいまの店を開いて今年でまる七年になる。

最初は一人ではなく女房と一緒だった。一九八〇年の夏の終り。友人から譲りうけた中古のクーラーの調子が悪くて、招待状を配って来てもらった客たちと汗を流しながら乾杯した思い出がある。

　秋に長嶋茂雄がジャイアンツの監督を辞めたニュースも、冬にジョン・レノンが撃《う》たれたという第一報も、この店で客から聞いた。しかし女房と私の唯一の関心は、遠い土地で他人の身に起った事件などではなく、私たちの貯金全額二百万円を賭《か》けた店をなんとしても軌道に乗せることにあった。雇われの身で何年も働いてやっと持てた自分たちの店である。どこかで起きた事件のせいで酒場がにぎわうのなら、もっともっと大きな事件が起きればいい。当時、女房がそっと呟《つぶや》いたそんな台詞を決して私は不謹慎だと咎《とが》めたりはしなかった。

　女房は必ずしも賛成しないようだけれど、私は二人の賭けは当りだったと思っている。四年前に息子の勇太が生れ、それ以来、店には私だけが出るようになった。つまり最初の四年で店が安定したからこそ、女房は出産と育児に専念できたわけである。残りの三年を、私が働いた店のあがりで親子三人暮してきたわけである。

　去年の秋には店内の模様替えもできた。貯金もまた少しずつだがたまってきている。毎年、何軒何十軒もの酒場が生れては消えをくり返している夜の世界で、繁華街から離れた一隅に何の後ろ楯《だて》もない私たちが初めて出した店を七年間、持ちこたえてきたことは大げさにいうなら奇跡に近いだろう。一九八〇年の私たちの賭けはまちがいなく当ったのである。

女房が必ずしも賛成しないというのは、だから、店の経営的な面に関してではない。彼女は夫婦生活の面から七年間を振り返って、果してあの年に夫が水商売を一生の仕事として選ぶ決意を固めたことは（自分がそれを支持したことは）正しかったのだろうか、本当の意味で二人の賭けは当ったといえるのだろうかと首をかしげるのだ。

この七年の間に二度、私たち夫婦は離婚の危機を乗りこえている。相手は二人とも人参倶楽部の客だった。要するに、私は七年の間に二人の女性と深みにはまり、どうしても女房に告白せざるを得ない状態におちいったのである。二度めはおとしの夏の出来事で、そのとき女房は、子供のために別れないのだと言った。あなたを許すのではなく、勇太のために離婚を避けたいのだと。

私に弁解の余地はなかったから、ただ頭を垂れて聞くばかりだった。私はすでに恋の相手よりも、女房と子供と人参倶楽部の方を選ぶという結論に一人で達していたのである。その足で女房が先方へ掛け合いに出かけ、一日で事をおさめてくれた。

その辺の事情を少しでも知っている客の間では、私は女房に頭が上がらないともっぱらの評判のようだ。むろんそれはそれで正しい。私は二度と女房を泣かせるようなまねはしたくないと思っているし、家へ帰ればただの子煩悩《こぼんのう》な亭主でもある。

けれど告白すると、私はこの一年間に（記憶の新しいところで指を折っていてわかったのだが）四人の女性と関係を持っている。そのうち三人までは一晩かぎりのつきあいだったから、当人たち以外は誰《だれ》も気づいてはいないだろう。残りの一人は別の話として、そのことは女房さえ疑ってはいない。ときたま何かの拍子にかつての離婚騒ぎのことを思い出して、私の欠点を「昔から女にはからっきしだらしがないと聞いてたのよ」苦りきった顔で指摘し、そんな男にスナックのマスターという職業を選ばせたのは妻として失敗だったと、ぼやくことはあるにしても。

女房とは、私がバーテンダー兼コック兼雑用係兼用心棒のような仕事をしていた頃《ころ》の店で知り合った。そして確かに当時の私は、女にだらしがないと周りで噂《うわさ》されても仕方のない生活を送っていたのである。しかし、同時にもう一つ私にあった風評の方を女房はすっかり忘れてしまっている。妻子持ちである客との関係で悩んでいた新米のホステスは「口がかたいって聞いてるから相談するんですけど」店がはねたあと私を近くの深夜喫茶へ呼び出し、私たちの交際から結婚へといたる第一歩を踏み出したのだから。

水商売に足をつっこんだ男には珍しくもない欠点と美点。女に対するだらしなさと口のかたさ。魅力のある女には容易《たやす》く惚《ほ》れてしまう。しかし言わずにすまされることは容易くは口にしない。この二つは十年前も今も、決して矛盾しないのである。

＊

その女は半年ほどまえ初めて人参倶楽部の客になった。

看板に灯《あか》りを入れてから十分もたっていなかったと思う。

もちろん他に客はいなかった。私は袋詰のチョコレートを広口瓶の中へ移し終り、次の殻付ピーナッツにかかったところだった。扉の鐘が鳴ったので眼を上げると、水玉のワンピースを着た女が一人で立っている。片手に紺いろの雨傘を持っていた。

「もう開いてますか？」

「いらっしゃいませ。どうぞ」

と私は扉の脇《わき》の傘立てを眼で示した。

女の顔に見おぼえはない。傘立ての中は空《から》だった。常連客に連れられてというのが普通で、たった一人で初めて人参倶楽部を訪れる客は最近ではもういない。傘立ての中に細く巻いた男物の雨傘が置かれた。いつもなら必ず忘れ物が何本か残っているのだが、ゆうべの雨で何人かの客が借りて帰ったのである。

女は入口から向って左手のカウンター席に沿って椅子五脚分歩き、そこから直角に左へ三脚分曲っていちばん端の席に腰をおろした。私はカウンターをはさんで向い合い、おしぼりとお冷やのグラスを女の前に置いて注文をきいた。

「ビールを。……バドワイザー」

「置いていません」

「じゃあ、何でもいいわ」

女の手がおしぼりの袋を時間をかけて破った。

その間に、私はカウンターの下の小型冷蔵庫から冷やしたビール・グラスを取り出し、コースターの上に載せた。女の爪《つめ》にマニキュアはぬられていなかった。化粧気もまったくない。年は二十三四というところだろう。

私はカウンターの切れ目から外へ出て、女の真後ろへまわった。そこには冷凍専用の冷蔵庫が据えてあり、向い合った反対側の壁に寄せてもう一つ冷蔵庫があって、ビールはその中だ。二台の冷蔵庫の陰に二つ、それぞれ四人掛けのテーブルがある。といってもそのうちの一つはテレビゲームの機械なのだが。

キリンの小瓶を一本持ってカウンターの中へ戻り、栓を抜いた。女がグラスに手を添えようとしないので置き注《つ》ぎになった。泡がグラスの縁《ふち》から四センチほどを満たす。

「初めてなの、このお店」

「ええ」

「名前がおもしろいから」

「女房がつけたんです」

女がビールの泡から私の顔へ視線を上げた。

「奥さん、いるんですか」

「幾つに見えます」

「30」

私は苦笑いを浮べた。

「30で結婚していない男はめずらしい」

「24で結婚していない女は？」

「百人くらい知ってる」

女の口もとがほころんだ。しかし私は満足できなかった。笑い声を聞いてみたい。

「奥さんてどんなひと？　人参が好きなの？」

「むかしバーに勤めてて、客と恋愛して、その男が人参が大嫌いだった。部屋に呼んで、カレーライスをつくったけど一口も食べてくれない。それで女房は悲しくなって泣いた」

「ひどい男ね」

笑顔のまま女はビールを飲んだ。

「いまでも嫌いなの？」

「それは女房に聞いてみないとわからない」

「その男がいまでは人参倶楽部のマスターなんでしょ？」

「ぼくは昔も今も好き嫌いはないよ」

女はグラスを口にあてたまま私をじっと視《み》つめた。それからゆっくり、小さくうなずき、もう一口ビールを飲んだ。

「……そうなの」

「うん、ぼくなら人参だけ入ったカレーライスでもお代りすると言って口説《くど》いた」

私は女が両手を添えたグラスにビールを注ぎ足した。女がすすめた。

「飲めるんでしょ？」

「いただきます。ポテト・チップスでも食べるかい？」

「いらない」

私はふたたびカウンターの外へ出て冷蔵庫まで歩き、一本取り出して戻った。栓を抜く。私の手から女の手へとビールが渡る。私が持ったグラスに女が注いでくれる。

「はじめまして」

とあちらが言い、

「よろしく」

とこちらが応じ、二人は乾杯した。そのときになってようやく失策に気がついた。店の中があまりにも静かすぎる。私は身をかがめ、手近にあったカセットテープをデッキに押し込んだ。立ち上がるまでに前奏が鳴り、ビールを口に含んだときに竹内まりやが歌い始めた。

「音楽をかけない店かと思ったわ」

「好みに合わなかったら替えるよ」

「ううん、大好き」

「まだ名前を聞いてない」

「必要かしら？」

「二人きりで乾杯までした仲なのに」

女がくすりと笑い声を洩《も》らした。まだ足りない。私が先に名のると、女は名字だけ教えてくれた。

「みんな名前で呼ぶの？」

「マスターなんて言ってくれる客は誰もいないな。いさむさん、いさむくん、いさむちゃん、いさむって呼びすてにするスナックのママもいる。下の名前は？」

「ようこ、陽気な子」

「そうは見えないね」

「悩みごとがあるから」

「仕事上の？」

「何をしてるように見える？」

「化粧品の美容部員」

そう言ったとたんに杉本陽子の表情がくもった。

「……どうして、わかる？」

私は女の素顔にしばらく見とれていただけですぐには答えられなかった。冗談のつもりだったのである。

「どこかであたしを知ってるの？」

私はゆっくりかぶりを振った。

「むかし親しくしてたことはあるけど」

「……？」

「きみに似た子と」

陽子はつまらなそうに小鼻をすぼめてから訊《たず》ねた。

「それは奥さんと知り合うまえ？　あと？」

「忘れた」

「ひどい男ね」

「何か男に恨みでもあるのかい」

　すると女は首を横に振り、また声をたてずに笑顔をつくった。

「あたしの悩みはね、抽出《ひきだ》しが開かないことなの」

「抽出しって、あの、把手《とって》のついた？」

「そう、箪笥《たんす》の抽出し。先月からあたし部屋を借りて一人暮しを始めたんだけど……建ったばかりのアパートなのよ。でも陽当《ひあた》りが悪くて、あたしの部屋だけベランダにも陽が射さないように出来てて、そのぶん他よりも家賃は安いんだけど、そのせいで朝も昼も薄暗くて、湿気が多くて、引っ越して二週間めで整理箪笥の抽出しが、七つあるうちの下から三段めまでが開かなくなっちゃった」

　私は笑った。開かない抽出しの把手を持って力いっぱい引っぱっている女の姿を想像して、声をたてて笑った。冗談かと思ったのである。

「その抽出しの中にいちばん大切な物が入ってるわけだ」

「ううん、ちがう。ただ抽出しが開かないと……」

　そのとき扉の鐘が派手に鳴り響いて、三人連れの若い男が現われた。

　三人とも同じ年恰好《としかっこう》（二十代前半）で、同じような服装（チェックのシャツにジャンパーにジーンズ）で、バイク用のヘルメットを抱えている。常連である。たいてい三人とも高菜《たかな》ピラフとみそ汁と食後のコーヒーのセットを頼む。

私は忙しくなった。杉本陽子がビールをもう一本注文したので、いつも他の客がそうするように自分で冷蔵庫から出してきてもらった。三人分の定食をつくっている最中に、カップルの客が一組やってきてテーブル席にすわり、ピザを一枚とコーヒーを二杯頼んだ。杉本陽子がトイレはどこにあるのかと質問した。高菜ピラフを皿によそいながら私は教えた。奥のつきあたりの扉を開けてすぐ左手にある。通路を隔てて右側はガレージになっている。通路の向うは裏通りでその向うには川が流れている。つまり人参倶楽部には表と裏と二つの出入口があるわけだ。裏通りから入ってくる客はまれである。杉本陽子が二つのテーブル席の間を歩いて扉の向うへ消えた。

三分ほど過ぎた。私は少し気がかりだった。裏口の扉は、酔った客の悪戯《いたずら》で店名の人参の部分が失恋に変っている。早いうちに消してしまおうと思いながら無精していると ころへ、こんどは別の酔った客がまた余計な言葉を付け加えた。結局いままでは、裏から入ってくる客ないしトイレに立った客は白い扉に赤いクレヨンで横書にされた「失恋倶楽部へようこそ」という文字を読むことになっている。もちろんそんな悪戯を気にする客は常連の中にはいない。しかし彼女は初めてである。蛍光灯に照らし出された赤い文字にいきなり対面してどんな気持になるだろう。

　奥の扉が開いて杉本陽子が現われた。

　私はもう少しでピザ生地《きじ》を取り落すところだった。彼女の顔は明らかに笑いをこらえていたのである。その表情のままカウンター席まで歩いてきて、開口一番に、気の利いた落書だと言って喜んだ。あたしにぴったりだわとおどけた口調でつづけ、それでこらえきれなくなったのか声をたてて笑いはじめた。

　彼女がビール二本分の勘定をすませて帰ったあと（一本は私の年を五つも若く見てくれた礼におごったのである）、バイク乗りの一人が紙ナプキンで口もとを拭《ぬぐ》いながら、いまのはたぶん本音だろうなと感想を述べた。別の一人がそれを支持し、三人めが、あんなきれいな女を失恋させる男はたぶん妻子持ちだろうと言った。


　それから一ケ月ほど経《た》って梅雨に入った。

　杉本陽子が二度めに人参倶楽部の扉の鐘を鳴らした日も、一日じゅう雨が降っていた。深夜の三時過ぎである。その日の彼女は念入りに化粧をしていて、すでに少し酔っていたようだ。白いブラウスの襟《えり》もとに金いろのスカーフをのぞかせ、サテン地の黒のタイトスカートをはいていた。滴《しずく》のたれている雨傘は女物だった。テーブル席に四人連れの客がいるだけで、カウンターはがら空《あ》きだったのだが、彼女は一月《ひとつき》前と同じ席にすわって、ブランデーのオン・ザ・ロックを注文した。

「酔ってるね」

「顔が赤い？」

「口紅がはげてる」

陽子は一瞬、笑おうか笑うまいか迷った表情になった。私は視線をそらし、注文の品をこしらえて彼女の前に置いた。

「かまわないわ」

「ぬりなおす時刻じゃないしね」

「いさむさん、あたしね、スナックでアルバイトを始めたの」

「うん。アルバイトで止《や》めといた方がいい」

「どうして？」

「男物の傘が何本も増える」

スナックのマスターが二度めの客に対して、こんな台詞を吐くべきではない。しかし私は言わずにいられなかった。彼女はてのひらでブランデー・グラスをささえ、何度か揺らしただけで答えもせず、口をつけようともしなかった。

扉の鐘がたてつづけに鳴って、いつのまにか傘立ての中がいっぱいになった。勤め帰りのホステス、ママ、バーテン。彼らの恋人、パトロン、なじみ客。私はそれぞれの客の注文を聞き、それぞれの客と冗談口をたたき合い、そしてときおり陽子の方を気にしていた。一時間たっても彼女はじっと席を動かず、グラスの中身は空にはならなかった。その間に何度か電話がかかり、そのたびに受話器を耳にあてた私と彼女の視線がほんのひととき合った。

ちょうど五時で彼女以外の客はすべて引きあげ、私は看板の灯りを落した。外の雨はまだ降りつづいていた。傘立てに残ったのは彼女の一本だけである。しかし私が洗い物を片付け、帰り仕度をはじめても、彼女は席を立つ気配をみせない。カウンターの上に頰杖《ほおづえ》をつき、眼は開けたままだが眠っているようにも見える。私はコーヒーを二杯分たてて、一杯を彼女に勧めた。

「それを飲んだら送っていくよ」

「……ありがとう。一人で帰れるから」

「車に除湿機を積んであるんだ」

「……？」

「湿気が多くて抽出しが開かないんだろ？　返すのはいつでもいいそうだから」

「誰が？」

「こういう仕事をしてるとね、客を通じていろんな物が手に入る。覚えとくといい」

「でも……どうして？」

「車の中で話すよ」

しかし車の中では私たちはほとんど喋《しやべ》らなかった。私が道順を訊ね、彼女が答えただけである。

私は自分の家とは反対方向に車を十分ほど走らせることになった。いつもなら、店を閉めてから海岸通りの朝市へ寄って野菜や卵やベーコンなどを仕入れている時刻だ。女房も息子もまだ熟睡しているだろう。

道路ぎわに車を止め、陽子と相合傘で彼女のアパートまで三〇メートルほど歩いた。ただし私は高さ八〇センチの箱型の除湿機を両手に抱えている。ステンレスの郵便受が並んだ入口を通り、コンクリートの階段を三階まで上り、彼女が鍵《かぎ》を開けるのを待って、入ってすぐの台所の床にそれを置くまでには、私の右肩はびしょ濡れになり、両腕はしびれてしまっていた。

ダイニング・キッチンの奥がバスルームのようだ。部屋は左手に二つ並んでいる。奥の方の部屋の硝子戸《ガラスど》を彼女が開け、そこまで私が除湿機を運び入れた。グレイのカーペットを敷きつめた六畳の部屋で、隅に16インチのテレビがあり、中央にコタツ兼用のテーブルが置いてあった。問題の整理箪笥はテレビと反対側の壁に洋服箪笥と隣合っている。

下から一段めと二段めの抽出しが五センチと開かないのを確かめていると、陽子がバスタオルを持ってきてくれた。それを使いながら立ち上がり、淡いブルーのカーテンを引いた。窓の外は二メートル四方ほどのベランダである。ただしその右側は隣の部屋の風呂場《ふろば》に面しているし、左は狭い路地、正面は同じアパートの別棟の窓が一階から四階まで間近に迫っている。なるほど陽の射し込みようのない不遇な部屋である。その代りに雨も降り込みようがないけれど。

「毎朝、起きてもね、昼だか夜だか区別がつかないの」

「だろうね」

私は窓を閉め、カーテンをもとに直した。彼女が襖《ふすま》の方を指さして言った。

「むこうの部屋に机を置いてるんだけど」

「机？」

「ええ。いちばん下の抽出しがやっぱり開かないの」

私は、机の他に鏡台やベッドも置いてあるはずの部屋の仕切りをしばらく眺めていた。

「部屋にいるときはできるだけ窓を開けるようにした方がいい。台所の換気扇も回して。それからこれを使う」

除湿機のコードを引っぱってコンセントにつなぎスイッチを入れてみせた。低く鈍い音で機械がうなりはじめる。

「効果があるかしら」

「なかったらメーカーに苦情の葉書を出す」

陽子が軽い息を吐いて笑った。

「ねえ、これを一ケ月前からずっと車に積んでたの？」

「一週間前」

一週間前から私は、女房がうさん臭《くさ》い眼つきをするたびに常連の客からの頼まれ物だと言いつくろっていたのである。陽子がビールを飲むかと訊ねた。私は腕時計を見るふりをして、飲むと答えた。彼女が台所へ立ち、バドワイザーの缶を二つときれいに洗っ
た硝子の灰皿を持って戻った。

「あたしがまた来ると思った？」

「思った」

「どうして？」

私は缶ビールを開け、煙草を一本つけた。

「初めて来て、ぼくがビールをおごった客は必ず戻ってくる」

「なんでもお見通しなのね」

「きみは明日も来るよ」

「他には？」

「バドワイザーが好きで煙草を喫《す》う男がこの部屋に通って来てる」

彼女は自分のビールを開け、ほんの少し口をつけた。

「それがわかってて、どうしてここへ来たの？」

「抽出しを開けてやりたいと思ったから」

「一回会っただけの女に？」

私は缶ビールを一息に半分ほど空《あ》け、うつむいた。

「言ったろ。むかし好きだった女の子に似てるんだ」

「くどいてるの、それ？」

私は何も答えずに相手が喋り出すのを待った。十数えるほどの沈黙のあと、女が妙に改まって口を開いた。

「ほんとはね、彼とホテルで会うのが嫌《いや》だから親と喧嘩《けんか》までして自分でアパートを借りたの。どんな部屋でもいいと思ったんだけど、こんなの最低だわ。洗濯物も布団もほせないし、押入れにカビはえるし、抽出しは開かないし。箪笥のいちばん下が開かなくなった日に、彼の奥さんに子供が生れたことがわかったの。ひどい話よ。泣いて帰ってきて、シャワーを浴びようと思って抽出しを引っぱっても開かないでしょ。それでまた涙がでてきた。抽出しを叩《たた》きながら泣いたわ。だって何もかも思い通りにいかないんだもの。次の朝も次の朝も次の朝も、抽出しを引いてみるたびに悔しくて……もういい、もうどうにでもなればいいんだわ。自分じゃなんにもうまくできないから誰でもいいの。信じられないでしょう、あたしアルバイトしてる店のお客さんと二回もホテルへ行ったのよ。そのこと彼に話したらぶたれたけど、でもだからって何もしてくれないの。やっぱり奥さんと子供が大事なのよ。あなたがあたしを抱きたいのなら、いま抱かれてもいいわ」

「…………」

「どうする？　それがめあてだったんでしょ？」

私は煙草を消し、テーブルの縁《ふち》に手をかけ、彼女の方へにじり寄って肩を抱いた。おそらくいま喋ったことのせいで、女の息づかいはあらかった。私は冷静だった。唇を合せたけれど陽子はいやがらなかった。肩を抱いたまま立たせて、襖を開けた。アパートの廊下に面した窓際に机が置いてあり、セミダブルのベッドは手前の壁に寄せてある。彼女は無言で抱かれたままだったし、私も言葉をかけようとはしなかった。私に罪悪感はなかった。襖を閉めると、廊下の灯りが窓をほんのり照らしているだけだった。私は十七年の間に千通りもの悲しい女の身の上話を耳にしている。彼女のからだはひとりでにベッドの上へくずれ落ちた。これだけは正直に言うが、私は初めて見た瞬間から彼女を抱きたいと願っていたのである。

杉本陽子との関係は梅雨が明け夏から秋にかけて続いた。

彼女はほとんど毎晩のように人参倶楽部に現われ、そして土曜の夜には必ず看板になるまで席を立とうとしなかった。つまり私は週に一度、彼女を部屋まで送り、彼女を抱き、最初の雨の夜がそうだったように少しまどろんで正午過ぎに家へ戻ることをくり返していた。

私はそのたびに麻雀《マージャン》を口実に使い、事情を知った友人たちも口裏を合せてはくれたけれど、しかしやはり女房は気づいていたに違いない。いつものように私から女房に告げることは何もなく、女房の方からもし切り出すとすればそのときを待つしかなかった。なぜなら、私は女房と子供を犠牲にしてまで陽子との恋にのめりこむつもりはなかったからである。なんべんもなんべんもその点を自分に確認し、なんべんもなんべんも同じ答に達していたからである。

私は、陽子が別れたはずの男といまだに続いていることに気づいていた。もちろんそれは十分に嫉妬《しっと》の材料になり得る。しかし私は何度も自問自答したすえに得た答の方を大切にし、知らないふりに努めた。冷蔵庫からバドワイザーの缶がいっこうに失《な》くなる様子がなくても何も言わなかったし、玄関に紺いろの雨傘が現われたり消えたりしても何も訊ねなかった。

陽子が人参倶楽部に来ない夜、一人で車を運転して帰る明け方、私はときおり沸きあがる妄想と戦わなければならなかった。頭を強く振り続け、むやみに拳《こぶし》をかためて自分を元気づけ、その戦いに勝つことにも慣れていった。夏が終り秋が深まり、陽子がまる二週間姿を見せなかったとき、私の方から連絡を取らずにいられたのはそのおかげである。

十五日めに彼女がアルバイトをしている店へ電話を入れると、すでに十五日前に辞めていることが知れた。夜の八時を過ぎたばかりだった。私は初めて彼女のアパートへ電話をかける決心をした。番号は、こんなときのために、紙切れにメモしてカウンターの裏にセロテープで貼《は》りつけてある。

呼び出し音が鳴っている間、みぞおちを中心に全身へ熱いものが流れていくような感じを味わっていた。私はもういちどだけ自分に問いかけた。陽子との恋にこれ以上のめりこむ勇気があるだろうか？　答が出る前に電話がつながった。

「しばらく。一人かい？」

「……ええ」

「顔が見たいな」

「ごめんなさい」

たったその一言で、私の全身は熱いもので満たされたようだった。私はこらえきれずに深いためいきをついた。

「そうか……」

「なに？」

「彼とよりが戻ったんだね」

やがて電話の相手は無理矢理こしらえたような笑い声を洩らした。

「なんでもお見通しね」

「彼が女房とは別れると言ってるんだろう。もう半年待ってくれって」

「あたしを馬鹿《ばか》だと思う？」

「いや」

「がんばったけど、どうしてもだめなの」

「うん」

「除湿機を返さなくちゃ」

「いいよ。あれは返してくれなくてもいい」

「でも」

「抽出しが開いた？」

「そうなの。おとついから二段とも。机の方はまだだけど」

「そっちの部屋へ移して使うんだな」

「ありがとう、ほんとうに」

「…………」

「あたしって、何を考えてるかわからないわね」

「お互い様だよ」

「悪かったと思ってるわ。あたしの方から誘っといて、こんなふうに」

「もういいよ」

「ねえ……」

「忘れる」

「ねえマスター」

「うん？」

「なにか気の利いたことを喋って、いつもみたいに」

「夜の仕事はもうしないのかい」

「ええ」

「それがいい」

「………」

「さよなら」

私は自分から電話を切った。

しばらく受話器に手を添えて待ってみたが、もちろん彼女から気の利いた台詞を求める折り返しの電話はかかってはこなかった。私は椅子に腰をおろし、膝《ひざ》の上に両手を置いた。そのままじっとうなだれていると、ひょっとしていまなら泣けるのではないかという思いが頭に浮んだ。いつもと同じだった。私はいつも同じ後悔をくり返す。

表の扉の鐘が鳴った。私はカウンターに手をついて腰を上げた。バイク乗りの青年たちである。また今夜も高菜ピラフを炒《いた》めなければならない。彼らの声が、どこへ行くのかと私の背中に訊ねた。私は答えずに奥の突きあたりの扉を開いた。

川の方で虫の声が聞こえていた。そちらへ歩き出しながら、閉めた扉を振り返って眺めた。おそらく女房は今回の出来事に初めから終りまで気づいていて、何も喋ろうとはしないだろう。そして私も何もなかったような顔で息子を抱くのだ。すべては私がまいた種である。伸びかけた芽がそれいじょう育つのを先に怖れていたのも、早いうちに摘《つ》みとるべきだと先に決めたのも、女の方ではなかった。私は片手をズボンのポケットに入れ、片手で拳をかため、川の方へ歩いていった。

あした店を開ける前に、あの落書は消してしまおう。

消息

カウンターの奥のキッチンで靴を乾かしていると、

「ねえ陽子、お鮨《すし》たべに行かない？」

仕切りの暖簾《のれん》を手の甲でひょいと持ち上げて里美が顔をのぞかせた。

「石丸社長がみんなにごちそうしてくれるって。行くわよね？」

「ママも？」

「ううん、あたしたちだけ」

と答えたあとで里美は下唇を嚙《か》み、暖簾を払いのけてキッチンの中へ入ってくる。あたしのそばに立つと声をひそめた。

「すぐいい子ぶってそういうこと言うんだから。ママと一緒になんか行くわけないじゃないの」

右手におしぼり、左手にパンプスを持ったまま、あたしも声をひそめて言い返した。

「みんなって言うからよ」

「女の子みんなって意味でしょ」

「里美ちゃんだけって意味じゃないの？」

「やめてよ、あんな若作り」

「じゃあ断りなさい」

「ちょっと、もう行くって言っちゃったのよ、みんなで行こうよ」

「めぐみちゃんは？」

「まだ誘ってない。でもあの子、お刺身は苦手だって言ってなかった？」

「あなたと石丸社長と栄子さんと三人で行けばいいわ。あたしは約束があるから」

「約束って、誰《だれ》と」

あたしは聞こえないふりをしてまた流しに寄りかかり、乾いたおしぼりをパンプスの中に押し込んだ。顔を上げるとちょうど正面の壁に鏡が見える。隣に立った里美が手持ちぶさたにピアスのねじをいじっている。それから店のマッチを擦《す》って薄荷《はっか》タバコをつける。鏡の中で眼が合ったあたしに訊《たず》ねた。

「喫《す》う？」

「いらない」

「高かった？　その靴」

「一万七千円」

「サンローラン？」

「うん」

鏡の中から里美の顔が消えた。うつむいて、足もとへ眼を細めている。彼女が履いているのは踵《かかと》の低い、飾り気なしの茶いろい靴。お返しにあたしが訊《き》くことになる。

「それは？」

「四万三千円。コール・ハン」

「そう」

「知ってる？」

「石丸社長におねだりしたの？」

今度は里美が答えなかった。身体《からだ》を裏返して水道の蛇口をひねり、タバコを消す。もういちど裏返して鏡に向い、指先で前髪をつまみながら呟《つぶや》く。

「馬鹿《ばか》みたいね」

「何？」

「大の男がすること。高い靴を買ってやるかと思えば、その靴で水割を飲みたがる」

「これは自分で買ったのよ」

「この仕事をしてて、自前で一万七千円の靴を買う女も馬鹿よ」

「買ったときはこの仕事じゃなかったの」

「いつ」

「四年前」

「四年も履いてるの？」

「たまにしか履かなかったから」

何度か首を横に揺らしただけで里美はそれいじょう喋《しゃべ》らなかった。鏡の前でいちど眼をつむり、笑顔を作ると、暖簾を分けてカウンターの中へ戻っていった。

両手でパンプスを持ち、あたしはしばらくじっと立っていた。鏡の横にカレンダーが掛かっている。七月がめくられたばかり。左端の赤く印刷された数字の列が店休日で、今月は五日ある。それ以外は夏休みもなく働かなければならない。

パンプスに詰めたおしぼりを取ってみた。でもまだ湿っている。新聞紙を詰めたら効果があるかもしれないけれど、スナック・バーに新聞なんて置いてない。そのまま履くことにした。ホステスの靴に水割を注いで飲むなんて、まわし飲みするなんて、ほんとに馬鹿な男たちだ。酔っ払うだけ酔っ払って、勘定とは別に二万円、ママが上乗せしたことにも気づかずに。でもあれはきっとあたしの靴代ではなく店の売り上げになるのだろう。男の口に足を入れるようで気味が悪い。でも我慢して履くことにした。男の口をうんと踏んづけるつもりで履いた。

あたしは笑顔になってキッチンを出ると、カウンター席に里美と並んですわっている客の方へ歩いた。すぐに、栄子という名の年上のホステスが振り向いて、下を見て言った。

「だいじょうぶ？」

「履いて帰れるみたい」

「あら、帰るんじゃなくて誰かと大事な約束があるんでしょ？」

と里美が口を出し、

「革がだめになるんじゃない？」

と栄子さんが心配し、

「何をニヤニヤ笑ってるんだ？」

と石丸社長が眉《まゆ》をひそめた。梅干しやたくあんのパック詰めを販売している会社の社長だ。四十代後半。ポロシャツの上に麻のジャケットを着ている。

「自分の靴で男に酒を飲まれてそんなに嬉《うれ》しいか」

「ちがうわよ、陽子は待ち合せの相手のことを考えてニヤけてるの」

「なんだ、客の前でけしからん」

「そうじゃなくて」

あたしは笑いながらかぶりを振った。

「あのね、さっきグラス一杯の水割を靴の中に注いだらちょうど縁《ふち》まできたの。水割のグラスと女の靴と容積が同じだってわかったの」

「それがわかって嬉しいのか」

「あたしじゃなくて男の人たちが、みんな喜んだのよ。ああ、ちょうど一杯分入った入ったって、眼をまるくして感心してるの、ほう、なんて」

「感心してみんなで飲んだんだな」

「いま思い出したら急におかしくなったの」

石丸社長が里美にわざとらしく質問した。

「おかしいか」

「おかしくない。馬鹿みたい」

ボックス席に一組だけ残っている客たちが立ち上がりはじめた。ママと一緒に相手をしていためぐみがやってきて、栄子さんに、勘定書と領収書を頼んだ。お客さんの後ろにぼーっと立ってちゃだめじゃないの、影じゃあるまいしと、里美がめぐみを叱《しか》った。

石丸社長はちらりと背後を振り向いただけで何も言わない。その代りあたしに訊ねた。

「大事な約束というのは、つまり、用件が大事なのか、それとも相手が大事なのか」

「両方に決ってるじゃない」

とあたしが何も言わないうちに里美が答え、

「すいません」

とめぐみが一言謝《あやま》って、帰りかけた客の方へ向った。

「両方というのは、つまり、大事な相手と大事な用件があるってことだ」

「そうよ。何が言いたいの？」

と里美。

「新入の子は愛想がないな」

「陽子が連れてきたのよ」

「へえ」

「行きつけのスナックの紹介だって」

「行きつけのスナックね」

「スナックのマスターの紹介」

「大事な相手と大事な用件があって、行きつけのスナックで待ち合せか」

「いつまで言ってるの。馬鹿みたい」

里美がためいきをついた。栄子さんがくすりと笑って、そろそろ片付けようかとあたしに囁《ささや》いた。石丸社長がそれを聞きつけて、もうそんな時間かと腕時計を見る。そこへ客を送り出したママが戻ってきて、もう二時半よと言った。とっくに看板を過ぎてるのよ。めぐみはママの後ろに影みたいに立っていた。そして今夜は最後まで、あたしと眼を合せようとしなかった。


午前十一時。

目が覚めて時計を見ると必ずその時刻を指している。

前の晩に飲んでも飲まなくても、身体の調子が良いときも思わしくないときも、晴れた日でも雨の日でもそれは変らない。目覚めるときはいつも一人だから、ベッドの中で十分や二十分ぐずぐずすることはあっても、必ず十一時過ぎにはベッドを降りて眠け覚ましにコーヒーを沸かし、元気づけにCDをかける。そんな朝の習慣がまる一年続いている。

ゆうべはまっすぐアパートに帰ったけれど、眠れなくて明け方まで雨音を聴《き》いていた。それでも今朝目覚めたのはちょうど十一時だった。十一時半にはコーヒーを飲み終り、グレープフルーツをスプーンですくいながらテーブルの上に朝刊を開いていた。雨音はまだ続いている。そこへ里美から電話がかかった。

「陽子？　起きてる」

「早いのね」

「寝てないの、あれからたいへんだったのよ、いま帰ってきたとこ。ねえ、ゆうべ飲みに行ったら誰に会ったと思う？」

「お鮨をたべに行ったんじゃないの？」

「行ったわよ、鼎鮨《かなえずし》、栄子さんまで遠慮するから結局、石丸社長と二人きりでね、そしたら飲み足りないって言い出して、ほら、いま奥さんシンガポールに旅行中でしょ？こういうときに飲まなきゃ損だって言うの、それでストレンジャーに行って、知ってる？　朝六時までやってる店、もう眠いのにたいへんよ、とうとう朝まで」

「朝って、もう十二時よ」

「まだそのあとがあるの、飲んだあとで雨の中をタクシー飛ばして朝市に連れてかれて、雲丹《うに》と鬼灯《ほおずき》といらないって言うのに西瓜《すいか》まで買ってくれて、よしだ屋食堂で漁師さんにまじって朝定食たべて、それでもまだ帰してくれないの、このまま徹夜で仕事に出るからもうすこしつきあえって言うのよ、シャワー浴びたいからホテルに行こうって、ねえ陽子、朝から竹内まりやなんか聴いてるの？　暗いんじゃない？」

「そんなことより、どこで誰に会ったの？」

「ちょっと待ってよ、最後まで喋らせて、もういいかげん疲れてるし化粧はぐちゃぐちゃだし、冗談やめてよって思ったけど、とにかくついてこい、何も悪さはしないってしつこいから西瓜ぶらさげて泣く泣くついてったの、そしたらほんとにシャワー使っただけで何もなかったんだけど、行った先がラブホテルでファミコンが置いてあったのね、スーパー・マリオの3、で、やらせてみたらこれがいい年してやたらうまいの、8面まででぜんぶクリアよ、驚いちゃって、隠れた特技があるのねえって感心してみせたら、子供みたいに喜んでね、うんおれの息子よりうまいんだなんていばってた、馬鹿みたい、それで十一時よ、もう眠くて眠くて死にそう……聞いてる？」

「最後まで喋った？」

「うん。めぐみに会ったの、ストレンジャーで」

「……それが？」

「男と二人で飲んでたわよ」

「そんなことでわざわざ電話してるの？」

「だって、あの子は陽子が引っぱったんでしょ？　やばいわよ、連れの男は若いけどコレよ、本人だってろくすっぽ挨拶《あいさつ》もしないし、いやな感じ」

「これって？」

「コレよ、コレ……やだあたしったら電話じゃ見えないのに馬鹿みたい、あのね、ほら要するにあっちのスジ、わかるでしょ？　やばいんじゃない？　ママに知れたら面倒じゃない。注意した方がいいよ、知らなかったじゃ済まないでしょ？　陽子？」

「はい」

「西瓜、大きいんだけど半分たべる？」

いらないと言ってあたしは電話を切った。グレープフルーツもたべ残したまま台所へさげた。居間へ戻り、開いた新聞の前にすわり直す。おとついの朝刊。これで三日間、テーブルの上に置いたままだ。昨日も今日も続報は載っていない。テレビをつけて正午のニュースを終りまで見たが、事件に関連のある話は流れなかった。

テレビを消し、広げた新聞の上で頬杖《ほおづえ》をついて二度めのCDを聴いているうちに、ふいに思いついて押入れを開けた。竹内まりやが歌っていたのは『消息』という曲だ。遠い昔に別れた男の消息。

押入れの下の段の奥に除湿機はしまってあった。あの薄暗くてじめじめした部屋を引き払って以来、まる一年、使っていない。取り出すだけでてのひらが埃《ほこり》だらけになる。ちょうど三年前の梅雨時だった、人参倶楽部のマスターからこれを借りたのも。貸した当人ももう忘れているのだろうか。このアパートに引っ越してしばらく経《た》って、久しぶりに人参倶楽部を訪れたとき、マスターは除湿機のことには一言も触れなかった。

埃を取り払い、洗剤で磨きあげると除湿機はほぼ昔の姿に戻った。プラグを差し込みスイッチを入れる。懐かしい唸《うな》り声が聞こえ始める。除湿機の箱の中でおもちゃのオートバイが走り回っているような音。古新聞をまるめて詰め込んだパンプスを持ってきてそばに置いた。

雨は降り続いている。竹内まりやも歌っている——さよならで途切れたその後の消息を、知っていたら誰か教えて。あたしは誰に見せるためでもなく作り笑顔を浮べた。これですべてが揃《そろ》ったと思った。これで彼からの電話を待てば一年前のあたしだ。

夜。

お店から人参倶楽部へ電話をかけた。こちらもそうだが人参倶楽部はもっと暇らしい。客がまだ一人も現われないとマスターはこぼした。おまけにこの雨でユウウツになる。きっとカウンターの内側で丸椅子《まるいす》に腰かけて、つくねんとタバコをくゆらせているのだろう。

「めぐみちゃんのことなんだけど」

「うん」

「お店を休んでるの。何か聞いてる？」

「じつはいまさっき本人から電話があった」

「そう」

「男が戻ってきたんだ。一晩、話をしているうちに別れられなくなったって」

「そう」

「一緒に行くと言ってる」

「どこへ？」

「知らない。訊かなかった」

「…………」

「いつもいろいろ世話を焼いたあとで思うんだけど、女の決心ほどあてにならないものはないな。大きなお世話だったと必ず悔むことになるんだ」

「ほんとね」

「きみにも今度のことでは迷惑をかけた。申し訳ないと思ってるよ」

「ううん、あたしだってマスターにはずいぶん世話をかけてるから」

電話の向うで空咳《からせき》が何度か聞こえた。タバコにむせた、というつもりかもしれない。

「ねえマスター、男の決心もあてにならないわね？」

「そうだ。あれだけ女を泣かせておいて、身体のことも知らないふりですっかり片が付いたころに涼しい顔で戻ってくる。ドジを踏んでこの街にいられなくなったなんて、映画の台詞《せりふ》まがいのことを言って女に頼る。迎える女の方の気持もわからないけど、男の考えもわからない」

「男の人でも？」

「男だって他の男の考えることはわからないよ」

しばらく間があいたので、あたしが言った。

「憶《おぼ》えてる？　マスターが貸してくれた除湿機のこと」

「もちろん」

「ちょうど三年前のいまごろよね」

「うん」

「水商売はアルバイトにしておけって忠告してくれたのにね」

「それは憶えてない」

「あたしのこと、馬鹿な女だと思ってるでしょ？」

「思ってるけどね、馬鹿な女は他に百人くらい知ってる。それぞれに魅力がないわけじゃない」

「あたしがまた馬鹿をしても許してくれる？」

「許すって……？」

「どんな馬鹿をしても、お店に行ったら飲ませてくれる？」

「………」

「それが商売だからねって言ってよ」

「うちは馬鹿をした女と男で持ってる店だからね」

あたしは黙ったまま、相手が何かもっと喋ってくれるのを待った。マスターは新聞記事を読んでとっくに知っているに違いない。そんな気がしたのだ。でもマスターは事件には触れなかった。触れないまま小さな笑い声をたてて、今夜いちばんめの馬鹿が現われたから電話を切るよと言った。

翌日も翌々日も雨で、めぐみはお店を休んだ。とうとう隠しきれなくなってあたしはママに訳を話し、叱られるはめになった。その晩のママはそうでなくても不機嫌だった。楽しみにしていたゴルフコンペが雨で流れたせいと、その打ちあげの会を自分の店でというあてがはずれたせいだ。

これだから若い子は困る、と吐き棄てるようにママは言った。仕事と遊びの区別もつかないんだから。よろしくお願いしますと頭を下げたのはほんの十日前じゃなかったの？　責任を持つと言ったのはあなたじゃなかった？　あなたがそう言うから多少の陰《いん》気臭《きくさ》さにも眼をつむったし、給料だって日払いにしてあげたのよ。人参だかホウレン草だか知らないけど、そこのマスターもマスターよ。素人《しろうと》商売じゃあるまいし、妙な子を紹介されちゃ大迷惑だわ。

あたしは申し訳ありませんとくり返すしかなかった。里美は友だちがいもなく、それ見たことかという顔をするだけだ。仕事中に苛立《いらだ》ちを隠せないあたしを見て、悪いのはあなたばかりではないと栄子さんがなぐさめてくれた。日ごろから若い女の子が欲しい、誰か紹介する人があれば頼んでみてくれと、口癖のように言っているのは当のママなのだから。そうよねとあたしはうなずいてみせて、水道の蛇口をひねりタバコを消した。栄子さんがキッチンを出ていくと、もう一本里美の薄荷タバコを取って火をつけた。

でもあたしが苛立っていたのは、自分の紹介した子が十日も勤めずにやめてしまったことのせいではなかった。めぐみのことはもちろん頭にあったけれど、それだけではない。

あたしは自分じしんに対しても苛立っていた。めぐみの気持が、めぐみの考えていることがわからないのと同様、あたしはここ数日の自分じしんの心の中がのぞけなかった。

今日まで一年間そうしてきたように明日のあたしを無事に過すことができるかどうか、心細かった。すべてはあの新聞記事のせいなのだ。彼の消息を教える事件が始まりだった。長い間やめていたタバコを喫いながら、あたしはできることなら一日も早くけりをつけたいと願い、そうさせてくれない男にも苛立ちをおぼえた。キッチンの鏡にはまるで他人のような、険《けわ》しい眼つきの女の顔が映っていた。

こうして、心の中に立ちこめた靄《もや》が晴れないまま、あたしは次の朝をむかえた。雨はいぜん止《や》む気配がなかった。いつもと同じ十一時過ぎ。予感めいたものは何もなかったけれど、やはり電話はかかってきた。

最初に彼は、しばらくだね、と挨拶した。久しぶり、と言ったのかもしれない。どちらにしても間の抜けた台詞だ。そうちらりと思ったけれど、あたしはあたしで、元気？と訊ねてしまい、むこうから、元気なわけないじゃないかと言い返された。新聞は読んだんだろう？

それはすでに何日も前から、頭の中で何度も聞いた質問だった。そのたびに答もさまざまで、読んでいないと嘘《うそ》をつくときもあった。事件のことなど知らぬふりで話そうと心に決めたこともあった。でもあたしは言った。

「ええ」

「驚いたろうな」

「………」

「馬鹿なことばかり喋ってる」

「そうね」

「きみに言い訳してもしょうがないが、魔がさしたんだ、つい……表沙汰《おもてざた》になるのは予感してた。金を受け取った瞬間からわかってた」

「どうして逃げたの」

「わからない」

「いま、どこ？」

「駅」

「駅って……」

「戻ってきたんだ。博多で、サウナを泊り歩いて、金を使い果した。まいにち映画を見て、雨ばかり降るんで嫌《いや》になった。寒いな、七月だというのに」

「ええ」

「警官がこっちを見てるよ。なぜ気がつかないんだろう。改札で捕まるかと思ったが誰も寄ってこなかった」

「これからどうするの？」

「わからない。女房にもおふくろにも合せる顔がなくてね。逃げたのも、なんか家に帰りづらくて、行くあてもなくタクシーに乗って着いてみたら駅だった」

「………」

「きみにこんな電話をかけるつもりはなかったんだ。いまさら、頼れる義理じゃない。ただ、さっき駅に着いたら雨で、どこへも行けないし、何もすることがなくて、電話ボックスに入ってね、そらで憶えてる番号を押してたらきみの声が聞こえた。つながるとは思ってなかった。こんな時間にアパートにいるなんて思わなかった」

たぶんそれは本当だろうと思った。

「昼間のお勤めはもうやめたの。アルバイトじゃなくてホステスがいまのあたしの仕事なの。アパートもとっくに引っ越したのよ。一年前に」

そうか、とだけ彼は言った。

「何もかもこの一年で変ったの。身体の具合だってこの部屋に移ってから良くなった。あのころ診《み》てもらったお医者さんはアレルギーだと言ったけど、あたしは黴《かび》の毒のせいだと思ってるの。だってあたしの親戚《しんせき》にはそんな体質の人間は一人もいないんだから。きっとあのじめじめした部屋にはえてた黴の毒のせいよ。その証拠に、アパートを変ったら毒が抜けて、もうなんでもないの」

「そうか」

「ほんとよ。何もかも新しくなったのよ。あなたが知ってる家具なんてこの部屋には一つも置いてないんだから。変ってないのは電話番号だけ」

「そうか」

「そうかしか言えないの？」

「ごめん」

「…………」

「正直に言って、ぼくもよくあのころのことは憶えてない。もう一年だからね。いろんなことがあった。きみが迷惑がるのも当然だと思う。この電話は何かのまちがいだ。悪かった」

「切っちゃだめ」

「………」

「ちょっと待って」

「大声を出さないでくれ。さっきからすきっ腹に響いてるんだ」

「あたしは憶えてるわよ。博多で映画は何を見たの？　またポール・ニューマン？　あいかわらずポール・ニューマンはバドワイザーを飲んでた？　その真似をしてあなたはいまでもバドワイザーを飲んでるの？　博多のサウナ風呂で毎晩飲んでたの？　冗談じゃないわよ、あんな薄い水みたいなビールのどこがおいしいの。あたしはね、いまでもサンローランを履いてるのよ。酔っ払いにその靴で水割を飲まれても捨てないで、除湿機の前に置いて乾かしてるのよ。一万七千円もしたんだから。あなたのために買ったんだから。憶えてないなんて言わせないわ、たったの一年くらいで」

「………」

「何か言いなさいよ」

「四年前だ、京都に旅行したとき履いてた靴だろう？　白い靴。でもなんで靴なんかで水割を飲むんだ？」

「馬鹿ね」

「うん？　何か理由があるのか？」

「ほんとに馬鹿ね。白じゃなくてクリームいろでしょ。なんでお金なんか受け取るのよ。公務員じゃないの、だまって真面目に働いてれば年金だって貰《もら》えるじゃないの。仕事には何の不満もないって言ってたじゃない」

「うん」

「うんって、もう、なさけないんだから」

「わかってる」

「どうするの？」

「警察に自首するしかないだろうな。でも腹へったなあ」

「ここはまえにいたアパートから近いのよ」

「そう」

「いい？　そこからタクシーに乗って……」

「誰だっけ」

「え？」

「聞き憶えのある歌が流れている」

「この歌？」

「ああ、警官が気づいたみたいだ、こっちへやってくる。ありがとう、懐かしかったよ。話せてよかった。じゃあ……」

男の早口がとぎれて電話は切れた。

まもなく梅雨があけた。

日曜の夜。

カウンター席に腰かけて飲みながら、あたしはぼんやり考えごとをしていた。口にあてたグラスは空《から》だった。そばに置かれた小瓶の中身も空で、そちらへ気をそらしたとたんに、何を考えていたのか忘れている。新聞記事のことだったような気もするし、めぐみのことだったような気もする。人参倶楽部は開店したばかりで他に客はいない。あたしの知らない英語の曲が低く流れている。冷蔵庫のビールを取りに立とうとしたとき、裏口の扉が開いた。

除湿機を車に積み終えて、マスターが戻ってきた。

カウンターまで歩く途中に冷蔵庫からキリンの小瓶を取り出し、あたしの前に立って栓を抜く。グラスに注ぎながら言った。

「これで五本め」

「ふたりでね」

「ぼく一杯しか貰ってない」

「これがなくなったら水割にするわ。飲まなきゃやってられないの」

「どうして」

「里美っていう子と待ち合せなの。日曜のたんびにつきあわされるのよ、夕方になると必ず電話をかけてくるの。きょうはね、ボーリングをして負けた方がお鮨をおごる約束。素面《しらふ》じゃつきあいきれないの」

「遅いね」

「靴を選んでるんじゃない？　たくさん持ってるから」

マスターのグラスが空になったのであたしが注いだ。

「ねえ、家へ持って帰るの？」

「除湿機？」

「奥さんへの言い訳を考えてるんでしょ」

「いや、持主が誰だったか思い出してる」

「お客さんから借りたって言ってたわよ」

「その客が思い出せない」

電話が鳴り始めた。マスターがカウンターの端まで歩いてコードレスの受話器を取り上げる。しばらく低い声でぼそぼそと話し、あたしを振り返って、代るかい？　と訊ねた。

「里美？」

「博多からだ」

あたしの錯覚は一瞬だった。受話器を受け取って耳にあてると、聞こえたのは彼のではなく若い女の声で、ごめんなさいと謝っている。あたしは言った。

「あなたね、冗談じゃないわよ、いったい何考えてるの？　ごめんなさいじゃ済まされないわよ、紹介したあたしの立場はどうなるのよ、ひっぱたくわよ、子供じゃあるまいし、仕事と遊びの区別くらいつけなさいよ」

「ごめんなさい」

「ここにいたらほんとにひっぱたくとこよ、あたしがママなら半殺しよ、若いったってもうじきはたちなんだから、おとななんだから、しっかりしなさい、一人でやってかなきゃいけないんだからね、馬鹿な男とそうでない男と見分けて、一人で頑張らなきゃならないんだからね、いつまでもここのマスターに甘えてたらほんとにひっぱたくわよ」

それだけ言ってあたしは受話器を返した。電話を終えると、マスターはまたあたしの前に立って訊ねた。

「待ち合せは何時？」

「八時」

「もう八時半だ」

「里美の八時は八時五十九分までなの」

「あんなこと言うなよ、かわいそうに。一からやり直すつもりでいるのに、一緒にいる男が馬鹿に見えたらどうするんだ」

「たいてい見えるんじゃない？」

苦笑したマスターの顔が表の入口の方を向いた。ドアに取り付けられた鐘が鳴って、里美が入ってくる。あたしはさっきまでの考えごとを思い出していた。あのとき、彼に言い残したことがなかったかと考えていたのだ。

「ねえマスター、あたしね……」

「いらっしゃい。何？」

「……これでよかったのかしら」

「こんばんは、はじめまして。陽子ちょっと聞いてよ、いまタクシーでここへ来る途中に信号待ちで止って窓の外を見たらね、陽子……」

たぶん、とマスターは答えた。

ドライヤーを贈る

大晦日《おおみそか》も元旦も人参倶楽部は営業している。

飲み屋街のたいていの店は暮の三十日でひと区切りつけ、三十一日と一日とを休んで二日の夜からまた新たに看板を灯《とも》すのだが私の店は例外である。べつにヘソ曲りでそうしているわけではなく、開店の年以来の習慣でいつのまにかそうなってしまった。

女房と二人して頑張っていた当時は、とにかく店を開けて、客が入ってくれて、売りあげが増えることだけが生きがいだったような思い出がある。暦の上での特別な日も、私たち夫婦にとっては単に人出の多い日あるいはその反対の日というくらいの意味しか持たなかった。古い年を送り新しい年を祝う前に、私たちはまず店がその夜暇だったことを寂しがり、繁盛したことを喜んだ。そういう年の越し方が何年も続いて、店が軌道に乗り子供が生れ女房が家に引っこんだいまでも習慣として残っているわけである。

習慣というのは私の方の都合ばかりではなく、客の方での期待という意味合いも含まれている。足かけ八年も商売を続けていると、店の習慣はすでに客の習慣でもある。人参倶楽部の営業日や定休日は店主よりもむしろ常連客のスケジュールに組み込まれている。こちらに余裕ができたからといって、いまさら正月休みをこしらえるわけにもいかないだろう。

しかし、本当を言うと、大晦日と元旦に店を開ける理由はそれだけではない。店の営業習慣ということもあるけれど、それ以上に、若い頃《ころ》からの私じしんの生活習慣ということがある。私は十八の年に初めて夜の商売に足を踏み入れた。その一年前に私を育ててくれた祖母は亡くなっていたし、二人の姉はずっと以前に他所《よそ》へ嫁いでいたので、すでにこの街には身寄りがなかった。それから女房と知り合って結婚するまでの約十年間、私はずっと一人で年の暮と年の初めを過した勘定になる。

もちろん（本当に一人ぼっちだった年もあるけれど）たいがいはそのときそのときの恋人や仲間と一緒だった。そしてその恋人や仲間たちは、やはり私がいなければ一人で正月を迎えなければならない境遇の女や男たちだった。もし私がいなくても彼らはたぶんだいじょうぶだったろうし、彼らがいなくても私はきっと一人で乗りきれたと思う。この街には、というか私が知っている夜の街には、一人でいることに慣れている人間が大ぜい暮している。しかし、一人のときも誰《だれ》かと一緒のときも、大晦日に灯《あか》りのついた店があるのは有難かった。ふだんの日と変りなく営業して酒を飲ませ、カウンターの向う側で馬鹿話《ばかばなし》につきあってくれる相手がいることは有難かった。

十代の終りから二十代の終りまでの大晦日をすべて、私は酒場で過した。同じ習慣がその後も立場を変え、カウンターのこちら側で客の相手をしながら長年つづいている。その時刻が来ればクラッカーを弾《はじ》き、安物のシャンパンやビールで店に居合せた人々と乾杯する、そういう新年の迎え方に私はもうなじみすぎてしまったのだ。女房と子供には申し訳ないが、家族三人でコタツにあたり除夜の鐘を聞く新年はいまの私にはかえって寂しいような、物足りないような気さえする。私は客のためだけではなく自分じしんのために、大晦日、人参倶楽部を閉めるわけにいかない。

店はいつも通り八時から開けていたが、客が立てこみはじめたのは十一時を過ぎた頃だった。

それまでは常連客がカウンター席に四五人すわっているだけで、特別メニューの年越そばでもてなし、味加減を訊《たず》ねたり、それぞれがむかし食べたそばのダシについて思い出すのを聞く余裕もあったのである。しかし日付が変り、年が改まり、いつものようにクラッカーが打ち鳴らされる頃には、カウンター席にも二つしかないテーブル席にも客はすしづめで、いったい誰と誰がどこにすわっていて何を注文し何を飲んでいるのか、わけがわからなくなってしまった。

店内には客の一人が持ち込んだカセットテープのボン・ジョビがかかっているし、あちこちで乾杯の声が何べんも何べんもくり返される。聞きおぼえのある嬌声《きょうせい》があがったかと思うと続いて男たちのにぎやかな笑い声が爆発する。電話も鳴りつづけている。出てみると、「マスター、おめでとう」というだけの新年の挨拶《あいさつ》である。次から次へその種の電話が何本もかかる。カウンターの外の、壁に寄せて置いてある冷蔵庫から、見知らぬ若い男が勝手にビールを持ち出してテーブルの方へ運んでいる。私の呼ぶ声も耳に入らないようだ。これでは伝票の付けようもない。弱りきって、カウンターのなかで頭を振り振りため息をついた。そのとき正面の椅子《いす》に腰かけている女性客とやっと眼が合った。

「おめでとう」

と彼女は微笑《ほほえ》んでシャンパン・グラスを持ち上げる。私はカウンターの上から同じ種類のグラスを探して手に取った。

「それはみなこママのグラスよ」

しかしバー美奈子のママである私と同い年の女は、隣合せた若いカップルの客とポラロイド・カメラの記念撮影に夢中で、こちらの様子は気にもとめない。

「かまわないよ。おめでとう、髪を切ったね」

「入って来たときびっくりした?」

「いつ入って来たかも知らなかった」

私たちは笑いながら互いのグラスを合せた。二人とも一息に飲みほす。

「やっぱりおかしくない?」

「よく似合ってる」

「ほんとに?」

「ほんとに。なぜ髪を切ったのか理由を訊《き》くのを忘れるくらいよく似合ってる。次は何を飲む?」

「去年の暮からおさけを頼んでるのに今年になっても出てこないの」

あわてて燗《かん》をつける間に、客が一組ひきあげ、新しいグループが入ってきて同じテーブルについた。

どちらも常連の水商売の女の子と彼女の同窓生らしい若い男女数人という組合せである。私の知らない顔はおそらく東京あたりから帰省した学生だろう。この店で適当な時間まで過し、それから初詣《はつもうで》へ、そして初日の出を見にという予定も想像がつく。帰った方のグループは六人連れだったが、そのなかの男二人が割勘で一万円ずつ支払った。計算のしようがないと冗談はんぶんに訴えてみたところ、釣りは要《い》らないという答である。二十歳そこそこの学生が使うには十年早い台詞《せりふ》だが、彼らを連れてきてくれた女の子は私に向ってしきりにウインクしてみせるし、どうせ景気のいい親のスネをかじった小遣いだろうから黙って受け取ることにした。

新しい五人分の注文をこなし、そのあとまた何人かの客の出入りがあって、ようやく、ショートヘアの女の前に戻ることができた。腕時計を見ると午前二時をまわっている。一本だけつけた銚子《ちょうし》はとうぜん空《から》である。

「ごめん、また聞こえなかった。もう一本つけるかい？」

女はゆっくりかぶりを振った。

「そうしたいけど、リズムがとぎれて何だかうまく酔えないみたい。そのままグラスに注いでくれる？　てのひらで温めながら飲むから」

「申し訳ない」

私は言われた通り小ぶりのグラスに注いで出し、熱燗用の揃《そろ》いの焼物をさげた。それから周りを見渡し、他の客の注文がいまのところはないことを確認して、タバコをつけた。

「さて」

と私は口を開いた。

「どうして長い髪をばっさり切った？」

「聞いてくれる？」

「乾杯したときからそのつもりだった」

「シャンプーが面倒だからよ」

私は笑顔をつくってうなずき、もっと他の理由を（もしあれば）相手が喋《しゃべ》り出すまで待った。が、そのとき隣の席のみなこママが口をはさんだ。彼女はすでにできあがっている。上体をゆらゆら揺らしながら、どうして髪を切ったかなんて第三者が口出しすることじゃないわよと言う。

ましして水商売やってる人間がお客さんに訊ねるようなことじゃないわよ。そういうのを差し出がましいって世間じゃいうのよ。いさむ、わけのわかんない曲ばかりかけてないで、たまにはカーペンターズでも聞かせなさいよ、カーペンターズ。私はカウンターの下へしゃがんで、カーペンターズのテープを探した。常連客の好みの音楽はほとんどカセットテープで揃えてある。

ねえ、さとこちゃん、とみなこママの声が言った。何があったかあたしは聞かないけど、もしごたごたがあって居づらいのなら、いつでもあたしの店に移ってきてくれていいのよ、ほんとに歓迎するわよ。私は忙しさにまぎれてくり返し回していたボン・ジョビとカーペンターズを入れ替え、腰をあげた。さとこちゃんとこも二日から開けるんでしょ？　あのママはね、あたしむかし一緒に働いてたことがあるからよく知ってるのよ、今はおさまってるけどホスト狂いで有名でね、ほんとよ、下の子供はいまの旦那《だんな》の種だけど、上の方は別の、やっぱりホストあがりの、何てったかしら、ほら何とかっていうはんぱなフランス料理屋をやってる……ねえ、いさむも知ってるわよね？

知らない、と私は言った。さとこの方は笑みをたやさず、適当に相づちを打ちながら聞き流している。

みなこママもさとこも私と似たような境遇である。みなこママのただ一人の兄はこの街で所帯を持っているがふだんはあまり行き来がなく、両親とは早くに死に別れている。さとこの場合は一人っ子で、ただし両親が離婚して双方とも再婚、いまはおのおの子供もいる家庭を築いているので、高校を出て自活するようになって以来、彼女の行き場所はない。

みなこママと私は同じ高校の同じ中退組で、いまではもう幼ななじみのようなつきあいだからたいていのことは知りつくしている。さとこは昼間の仕事から夜に移って以来、私の店に通って来ているから、知り合って七八年にはなるだろう。年は二十七、小柄だがバランスのいい身体《からだ》つきで、抜きん出て色が白い。目鼻立ちも小さく整っている。去年までは、肩まで垂れるまっすぐな髪を片手でときおり払うのが癖だった。

私は思い出して彼女のかつての恋人を三人はあげることができる。そのときどきの打ち明け話をカウンターをはさんで聞かされたこともあるし、涙を見せられた経験もある。一週間前のクリスマス・イブに、彼女が連れてきたのは同年配の、口数の少ない、人の良さそうな男だった。彼女が思いきりよくショートヘアに変えた理由の中には、その男のことが含まれるのだろうか。私はつい最近、髪を短く切った女を他にもう一人知っているので、その女の件と重ね合せてなんとなく気がかりだった。しかし、なかなかさとこの前に落ち着いて立つ機会は得られない。テーブルの団体が引きあげ、また新しい客が現われる。こんどは、いつもつるんでいる三十男の洋服屋と小説家で、行きつけの店の女の子を六人も連れている。入ってくるなり顔みしりの客との挨拶が大声で交され、店は再び喧騒《けんそう》につつまれた。

私は補助椅子を用意したり、足りない食器やグラスを急いで洗ったり、新たな八人の客と混じり合って収拾のつかない隣のテーブルの客との応対にてんてこまいになった。その間にときどき気になって眼をやると、さとこは私が特別に出してやった数の子と昆布巻をさかなに、グラスをてのひらで温めながら酒を飲みつづけている。

午前四時近くになって、客はあらかたいなくなった。私はカウンターにうつ伏せて眠っているみなこママを起し、帰りをうながした。元旦の午後、彼女は年に一度だけ着物姿で兄夫婦の家を訪れ、姪《めい》っ子と甥《おい》っ子にお年玉を与えるのが習慣なのである。タクシーを呼んで昔の同級生を帰し、カウンターの端に残っていた若いカップルが気配を察したのか勘定をすませていなくなると、客はさとこ一人になった。

私は音楽を止め、看板を消した。

今夜は最初から早じまいの予定である。まごまごしていると、初詣帰りの酔っぱらいがまた現われるかもしれない。テーブルの方から片付けにかかった。すぐにさとこが椅子を立って、手伝いにきてくれる。カウンターのなかの洗い場へ汚れた皿やグラスを運びながら、二人で喋ることになった。

「奥さんが待ってるんでしょ」

「いや」

「大晦日くらい一緒にいてあげればいいのに」

「子供を連れて実家の方へ行ってるんだ」

「そう。実家があるの」

「父親はあいつが子供のころに死んでるんだけど、母親が健在でね。いちばん上の兄夫婦と暮してる」

「正月で親戚《しんせき》が集まるわけね」

クラッカーから飛び出した細いリボンがテーブルの上に何本も垂れている。フライドチキンの皿の、ケチャップに触れた部分をつまみあげながら私は言った。

「苦手なんだ」

「お義母《かあ》さんかお義兄《にい》さん？」

「いや、そうじゃない。家族で集まることが。なんていうか、……そういう習慣がなかったからね、どうも居心地が悪い」

「親戚の子にお年玉あげるのがシャクなんじゃないの？」

「それもあるかな」

「結婚した自分がわるいのよ」

「毎年そう思う」

テーブルの片付けが終り、私はカウンターのなかの定位置に戻った。さとこも元の椅子にすわりなおす。グラスの中身は空だ。

「飲むかい？」

「もう一杯だけね」

半分ほど注いでやり、私は洗い物を始めた。さとこは両のてのひらでグラスを温めながら切り出した。

「彼がね、両親に会ってほしいって言ったの」

「彼って、クリスマス・イブの？」

「ええ。あのあとで言われたの」

「それで」

「いやだって言った」

「で、髪を切ったのかい」

「ううん、髪を切ってから、いやだって言った」

私は洗剤の泡にまみれた片手をかざし腕時計を眺めた。四時十分過ぎ。もう二十分くらいなら話を聞いてやれる。

「良さそうな男だったけどね」

「銀行員なの。転勤で去年の春にこの街に赴任してきて、お店で知り合ったの。まじめな人なのよ。あたしの部屋に泊るようになるまで五ケ月もかかったんだから」

私が知っているもう一人の髪を切った女の相手は保険会社に勤めている。やはり彼女が勤める店へ客として現われたのがつきあいの始まりだが、第一印象は実直そうに見えたということである。ただし、そちらの方は独身ではなく子供も二人いて、そのことを、深い関係になるまで隠していた。

「そんなふうになって、彼の方はずっと悩んでたみたい。悩んでたというのは、結婚のことね、あたしはそうでもなかったんだけど、彼はなにしろまじめな人だから。ほら、二十七八の男の人って結婚のことばかり考えてるでしょ？　それとあたしに対する責任感みたいな気持と一緒になって考えこんでたのね。それはむこうは堅い職業だし、こっちは柔かすぎるし、考えこむのがあたりまえよね。そうとは知らずに悪いことしちゃった。……あるときね、一ケ月くらい前、あたしお風呂《ふろ》でシャンプーして、あがってからベランダに出て髪をとかしてたの。それ昔からなんとなく癖《くせ》なんだけど、ふっと気づいたら彼が、部屋の中で膝小僧《ひざこぞう》かかえてこっちをじっと見てるの。それで終ってから、髪をとかす女がそんなに珍しい？　て訊《き》いたら、いや、そうじゃないけどって少しためった後で、でもどうしてわざわざ外に出て髪をとくんだ？　前から不思議に思ってたんだけど、いったいなぜなんだ？　そう訊ねたの。なぜなんだって改まって訊ねられてもねえ、昔からの癖だし。だけど訊かれたいじょうは答えなきゃなんないから、あたし……何て答えたと思う？」

「部屋の中で櫛《くし》を使うとカーペットの上に髪の毛が落ちる」

「そうなの。そうとしか答えようがないわよね。ところがあのひと眼をまるくして驚いて、ええっ!?　なんて。本当にたったそれだけの理由か？　ですって。そうよ、他に何があるの？　て逆に訊き返したら、いやあ、知らなかったなあって、つくづくためいきをついてた。よくよく聞いてみるとね、彼のお母さんがやっぱりベランダに出て髪をとかす癖があったんですって、彼が子供の頃。それがずっと記憶に残ってて、昔から不思議がってたらしいの。でも面と向ってなぜなのか訊ねることはしなかったのね。たぶん女のすることだから男には想像もつかないような理由があるんだろうって、ただ漠然と思い込んでたって。髪が落ちるからなんて、そんな単純な、あたりまえの理由からだなんて思いもしなかったって。馬鹿よねえ。あたし言葉じゃ言わなかったけど心の中でそう思ったわよ。いいとこの家庭で育ってお行儀がよくて、大学まで出ててあたしの知らない難しいこといっぱい知ってるくせに、あたりまえのところが妙に抜けてるんだから」

「そこに惚《ほ》れたんだろ？」

「そうよ。それでね、結局そのときのことが、彼がプロポーズをするきっかけになったみたいなの」

私の相づちはほとんど上の空だった。そのとき電話が鳴り始めたからである。私はエプロンで手を拭《ぬぐ》い、コードレスの受話器を握るとカウンターの端へ歩いた。約束ぎりぎりの時間だった。受話器を耳にあてると期待した声が聞こえた。私は小声でほんの一分ていど喋った。それから、カウンターのなかの丸椅子をさとこの向い側まで運び、腰を落し、タバコをつけた。

「で、どうしてプロポーズを断った？」

さとこは底に二センチほど残っていた酒を飲みほしてから先を続けた。

「彼がクリスマス・イブにあたしに言ったの。きみが真冬の寒い日にベランダで髪をとかすのを見てて、だいじょうぶだと決心したって。髪の毛はカーペットに落ちるかもしれないけど、ベランダにだって落ちる。でもベランダに落ちた髪の毛なんて風が吹きとばしてしまうだろう、そういう、些細《ささい》なことにこだわらない、おおらかな発想はとても頼もしい。きみの健康も心強い。うちの母にもそういうところが確かにあって家庭に反映している。きみと組んで、二人で新しい家庭を築いてちゃんとやっていけそうな気がする。……ねえ、真冬の寒い日といっても身体はお風呂あがりでほてってるのよね。ベランダに落ちた髪の毛は風が吹きとばしてしまうだろうって言われても、あたしそんなこと考えてみたこともなかった。そのときに変だなって思ったの。ちっとも気持が動かないから。結婚を申し込まれてるのにウキウキしないから。申し込み方が変ってるせいかなとも思ったんだけど、ちょうどあくる日に美容院へ行って、鏡に映った自分の顔を見ているうちにね、……切っちゃえ。切ってしまおう。ふいに、ひらめいたみたいにそう感じたの。わかる？」

「なんとなく」

「どんなふうに？」

「気持が動かないのは結婚したくないからだ」

「やっぱり、そう思う？」

「そう思ったんだろ？」

「うん。思ったの。髪を切った日、お店に出る前に彼と会って、あたし結婚しませんて恰好《かっこう》よく振ってしまった。ほんとは元旦に彼の両親の家へ挨拶にうかがうはずだったんだけど、その予定がなくなって、すっかり暇になっちゃって」

「馬鹿だな」

「わかってる。でも……」

女は言いよどんだ。私は心の中でもう一度、馬鹿だと呟《つぶや》いた。まともな相手がいるのに結婚を嫌がる女も。結婚したがっているくせにろくでもない妻子持ちとの縁が切れない女も。さとこが言いなおした。

「でも、なんだかすっきりしたのもほんとよ。自分がいま心の底では結婚とか家庭とか望んでないことがはっきりしたんだし。いい経験をしたと思って、涙をふいて、決着をつけたの」

「いつ泣く暇があった」

「お店が終ったあと、一人になって寝るときにちょっぴり。厄落《やくおと》しに大晦日は飲めるだけ飲んで、いさむさんに初詣をつきあってもらうつもりでいたんだけど、あてがはずれたみたい。看板までねばって損しちゃった」

「どうして。つきあうよ」

「さっきから時計ばっかり気にしてたじゃない。電話の人はいいの?」

「いいんだ」

私はカウンターの下の棚から箱を取り出して女の前に置いた。

一見したところ、ショートケーキが八つくらい入っていそうな大きさである。包装紙でくるんでその上からリボンまでかけてある。女が説明を求める眼で私を見ている。

「きみと同じで去年の暮に髪を切った女の子がいてね。年は三つ四つ下」

「あたしの知ってる子?」

「いや、知らないと思う」

行きがかりじょう私は嘘《うそ》をついた。二人とも店の常連だから、何度か顔を合せたことがあるにちがいない。

「彼女がつきあってる男はぼくとそう違わない年で、もちろん女房も子供もいる。もう二年近くつづいてるんじゃないかな。別れるとか別れないとか煮つまった時期も何べんかあったんだけど、そのたびに危うく持ちこたえてるっていう、何というかよくある話だ。いつまでもずるずる続いていく。行き着く所がない。銀行員の彼と違って、相手は結婚を申し込める立場じゃないからね。けじめがつかないままで延々と続く。なんで結婚のことを言うかっていうと、彼女の夢が、結婚して家庭に入ることなんだそうだ。自分でそう言ってる。酔っぱらうといつもそう言う。ショートカットもいいもんだな」

「はい？」

私は女の耳もとにしばらく視線を止めた。小さくて白い、形のいい耳だ。ルビーに似た紅《あか》い色のピアスが耳たぶを飾っている。

「いちいち髪を払わなくても、顎《あご》から耳までの線がはっきり見える。なかなか色っぽいよ」

一つ咳払《せきばら》いをして女が言った。

「つづけて」

「彼女の両親も彼女が子供のころに離婚してる。ただ、母親は当時も今も看護婦をしてるんだが再婚はしなかった。一人娘を女手一つで育てあげた。おかげで彼女は高校を卒業し、この街に出てきて水商売に足を突っ込み、いまは高給取りでマンションを借りて自活してる。母親の方はいまでも故郷で看護婦として頑張っている。つまり彼女の希望は、立派な独身の男を見つけて結婚し、幸せな家庭を築いて母親を安心させたいということ、それから母親にはそろそろ引退してもらって自分が面倒を見たいということ」

話を聞きながら、女は親指と人差指を使って左の耳たぶをいじっていた。私の眼がそこへ行くたびに女の指の動きは緩慢になり、そして止る。私はもう一本、タバコをつけた。

「しかしそう言いながら、言葉と裏腹な生活から抜けきれない。気持は本当だと思うよ。そのために貯金だってしてるというし。でも、いくら気持があったって駄目だ。妻子持ちとずるずるつきあってる限りは駄目だ。そのことはもちろん彼女じしんもわかってる。わかってるから、ときどき苛《いら》ついて無茶な酔い方をしたり、ふらふら別の男について行って浮気みたいなことになる。それがばれて妻子持ちが嫉妬《しっと》する。長い間つきあってなじんでる分だけ暴力になる。暴力をふるわれるたびに彼女は泣いて、もうこりごりだと思う。別れようと決心する。でも別れられない」

眼の前のさとこの表情が徐々に変っていく。私はほんの少し驚いて訊ねた。

「何がそんなにおかしい？」

「だって、いつもと同じなんだもの。あたしが失恋の話を打ちあけるといつも、いさむさんはそのお返しに自分の失敗談を喋って笑わせようとするんだから。きっと彼女の浮気の相手というのがいさむさんなんでしょ？」

「そうじゃない」

私はまた嘘をついた。

「暮にちょっとした用事で、カセットテープの録音のことか何かで、彼女の部屋に電話をかけた。そんな素振りをちっともみせないで喋ったり笑ったりするもんだから、こっちはてっきり彼女が一人だと思ったんだけど、実はそのときそばに男もいたんだ。電話を切ったあと、一言二言、男の癇《かん》にさわるような受けこたえを彼女がしたのかもしれない。それともちょうど虫の居どころが悪かったのか、いつもよりひどい暴力になった。別に嫉妬する必要もない一本の電話が原因で。その騒動の最中に男の足がドライヤーを踏んで壊したんだ。彼女は電話に出たとき風呂あがりで髪を乾かしている途中だったらしい」

さとこの視線がカウンターの上の箱へ移動して、また私の顔へ戻った。私はうなずきながら先を続けた。

「その翌日、彼女は髪を切った。男に髪の毛を摑《つか》んで引きずりまわされたのが悔しかったんだそうだ。それまで何度もそういうめにあってきたのがもう我慢できなくなった。前の晩、ドライヤーが壊れたせいで濡れたままの髪をもてあましながら、泣いて決心した。髪の毛も切るし、男との縁も切る。大晦日に最後に会って決着をつけると彼女は言ってたよ。決着をつけたらその足でここへ寄るからって。そしたらぼくはおめでとうと言って、これを贈るつもりだった」

「また別れられなかったのね」

「さっきの電話。待ち合せの場所へ行ったら、男が新しいドライヤーを買って現われたそうだ。これから一緒に初詣へ行くと言ってた。まったく、いちばん馬鹿を見たのはぼくだな。こんなもの買うんじゃなかった」

「奥さんにあげたら？」

「冗談じゃない」

と私は思わず言った。

「どんな顔して女房にドライヤーなんか贈るんだ？」

さとこは笑顔を消し、不思議そうにしばらく私をながめていた。それからふいに表情をくずして、こう言った。

「だったらあたしにちょうだい」

「持ってないのか？」

「持ってるわよ。持ってるけど、でもそれは去年、古くなったのを彼が買い換えてくれたものなの。ゆうべここへ来る前に、部屋の中の彼と関係のあるものはぜんぶ処分したのね。ただ、ドライヤーだけは一日でもないと困るし、買ってもらったばかりの新品だしもったいないから例外にしたの。だからこれを貰《もら》えれば、あれは惜しいけど捨てて、ほんとにすっきりできるわけ」

私は心のなかで吐息を洩《も》らし、一瞬、妙なことを考えた。男が三人揃って、同じ店で女に贈るドライヤーを見立てている場面を想像したのである。

「いいよ、そういうことだったらこのドライヤーはきみに贈る。お年玉だ」

「ありがとう。今年ははなからついてるみたい、ね？」

私は苦笑いして立ち上がり、エプロンの紐《ひも》を解いた。今年ははなからついていない。

「そういうことで、コートを着ておみくじを引きに行こうか？」

「洗い物は途中でいいの？」

「今夜、開店前に片付ける」

「いさむさん、お腹《なか》すいてない？　よかったらあたしの部屋に招待したいんだけど。義理で買わされたホテルのお節《せち》料理があるの、二万円もしたのよ。一人じゃ食べきれないからドライヤーの御礼に御馳走してもいいわよ、時間があれば」

「時間ならいくらでもあるさ。なんなら夕方まできみの部屋にいて、そのまま店を開けてもいい」

「嘘ばっかり」

女は陽気な笑い声をたてた。冗談半分と取ったのかもしれないけれど私は本気だった。白状すると、予定ではもう一人の女と初詣へ行き、そのあとは彼女の部屋ですごすつもりでいたのである。

期待はずれが一つ、予想外の進行が一つ、今年はついているのかいないのか見当がつかない。

裏口の扉から出てガレージで待つように指示して、私はウインド・ブレーカーをはおり、表の扉に鍵《かぎ》をかけ、火の元を確認した。それから店の照明を落すまえに、女の声の方へ振り返った。裏口から顔をのぞかせてさとこが訊ねた。

「ねえ、新しいドライヤーを買って待ってた男の人ね、元旦から家を空けて奥さんに何て言い訳するのかしら」

コート姿の女は片手をドア・ノブにかけ、片方のてのひらで贈り物の箱の重さを測るようにささえながら立っている。私は束《つか》の間《ま》、黙り込んだ。それから、彼女の顔が微笑を浮べているのを眼にしたあとで照明のスイッチを切り、そんなことはどうとでも言いつくろえるものだと答えた。

元気です

お元気ですか。

いま石垣島に来ています。ホテルの部屋でこれを書いています。十七日に式を挙げました。何もかもがあっという間に決ってしまい、ここにこうしているのが、なんだか、まだ夢の中のような気分です。マスターには一言の挨拶《あいさつ》もできなかったけど、いろんな人の口からいろんな噂《うわさ》が伝わっていることと思います。

こちらはもう夏です。雨の気配はありません。暑くて、陽射《ひざ》しがまぶしくて、眼をつむると眠ってしまいそうな夏です。そちらはいかがでしょう。

帰りに、お土産《みやげ》を持って寄るかもしれません。そのときには彼を紹介します。毎日まいにち新妻をほったらかしにして、海に潜《もぐ》ってばかりいるようなろくでもない人です。

さてと、おなかもすいたし、そろそろ旦那《だんな》さまを迎えに行かなくちゃ。

おからだ大切に。

六月二十一日
古沢聡子

前略。

その後いかがお過ごしでしょうか。

早いもので、結婚生活も四ケ月めに入り、ついこないだまでよそよそしかった街並にもいまでは親しみをおぼえています。夏の初めに新しく出会った人々も、もう古い顔なじみという気さえして、見知らぬ土地の習慣もすっかり呑《の》みこみました。何の連絡もしていないのできっとみんな心配しているでしょうが、だいじょうぶ、つつがなく人妻を務めております。順調です。何もかも、恐ろしいくらい順調です。

人参倶楽部はどうでしょう。あいかわらずですか?

あいかわらずなら良いと思っています。人の生活や習慣なんて、短い時間でいくらでも変るものだといまの私は知っていますが、でも、あの街の人参倶楽部というお店と、それからマスターには、いつまでもあいかわらずのままでいて欲しいと思います。勝手を言ってごめんなさい。ただ、あの街にあいかわらずの人参倶楽部があって、あいかわらずのマスターがいると思うだけで何だか安心できるのです。

石垣島から出した絵葉書は届いたのでしょうか。お店のお客さんたちの間で、あのさとこが新婚旅行⁉　なんて笑い話の種になったのでしょうか。誰《だれ》にも相談しないで、いきなりの結婚だったから、きっとみんな驚いただろうと思います。根も葉もないいろんな噂が囁《ささや》かれたことだろうと想像します。なにしろシャンテのママだってよく事情がわからずに、あたしが辞めるその日まで、ほんとに本気なの？　騙《だま》されてるんじゃないのね？　と疑いの眼つきでしたから。

夫は私よりも三つ年上で、二度めの結婚です。スキューバ・ダイビングが趣味で、お酒が好きで、あとは何もいらないという人です。普段は運送会社のトラックを運転しています。それが仕事ですが、暇さえあれば海へ出かけます。父親が会社の社長で、その一人息子なので、暇はいくらでも都合がつきます。だから、もう夏場はしょっちゅう海へ出かけます。私なんか新婚旅行のときからダイビング・ウイドウという感じでした。

夫の両親と女子大生の妹さんが住む家からほど近いマンションに私たち夫婦は暮しています。同じ町内で、歩いて十分ほどの距離です。スープはたぶん冷めると思いますが、アイスクリームは溶けません。そのことは先日、義父が到来物があったからとわざわざ持ってきてくれたのでわかりました。

その日は日曜で会社はお休みだったけど、夫はやはりダイビングに出かけて留守でした。義父と二人、アイスクリームを舐《な》めながら二時間近く話しました。話し合ったというよりも、むしろ一方的にいろいろ聞かされました。夫の子供の頃《ころ》の話。学生時代のこと。それから前の奥さんとの結婚。失敗に終った結婚。夫の欠点。辛抱の足りない性格。物事に良くも悪くもこだわらないたち。私は黙って聞き、聞き終って、何だか義父に対して好感を持ちました。自分の息子のことを欠点まで含めて包み隠さず話してくれた義父に、信頼のようなものを感じました。それで一つだけ残っていた私の不安もようやく解消されたような気がしました。

もちろん夫は完璧《かんぺき》な人ではありません。すでに不満も一つ二つあります。でも私が好きになった人だから、好きで結婚までした相手だから、少々のことは我慢できるのです。ダイビングに夢中で私をかまってくれなくても、そのくらい何でもないのです。そのくらいで二人の関係にヒビが入るのなら、最初から結婚なんかしない。ただ、結婚というのは、私たち二人さえ良ければそれでいいというものではないでしょう。お互いの家族や親戚《しんせき》まで否応《いやおう》なしに巻き込んで試されるでしょう。二人さえ良ければそれでいいのが恋愛で、その恋愛を議題にかけるのが結婚みたいな。私は自分の両親のこともあるし、周りを見ていていつもそう思っていました。あの二人がうまくいかなくなったのは二人だけのせいではないのにとか、お互いの家族を知る以前の、一人の男と一人の女とに戻れたらもっとどうにかなったろうにとか、そういう結婚をいくらも見ていました。

だから、私と夫との間はうまくいっているし私は夫を信頼できるけれど、どうしても一つだけ、結婚したあとも一つだけ小さな不安が残っていたのです。本当を言うと、私はそのときまで夫の家族とはろくに口をきいたこともありませんでした。結婚前にいちど、家へ連れていってもらったときと、式の当日と、それからもういちど、新婚旅行から戻ったときに短い挨拶をかわしたくらいでした。こんなに近所に住んでいる以上、もっとちょくちょく行き来したほうがいいのではとも思いますが、夫は、そんなこと気にしなくてもいいと言います。無理をしてまで姑《しゅうとめ》や小姑《こじゅうと》と交際する必要はない。些《さ》細《さい》なことで悶着《もんちゃく》を起して気が疲れるだけだ、そんなことがないように同居を避けてわざわざマンションに住んでいるんじゃないかと言います。そう言われてみればその通りですが、でもやっぱり、私のあたためていた結婚のイメージからすれば、夫の家族とのつきあいのない今の生活に一抹の不安を感じていたのも事実でした。

そういうこともあり、義父と二人きりで話せたことで少し気が晴れたような気がします。私が古沢家の嫁として、正式に認められているのだということも改めてわかりました。その夜、アイスクリームと義父の話を夫に聞かせると、苦笑しただけで何も意見は言いませんでしたが、本当は私同様、少し安心したのではないかと思います。無理をするなとは言っても、心の中では、自分の家族と私とが仲良く交際することを望んでいるはずです。それが結婚のあたりまえの姿ですから。

なんだか妙な手紙になりました。誰かに話を聞いてもらいたいというのではなく、マスターに私の結婚のことを聞いて欲しいと思って書き出した手紙です。失礼があったらお許し下さい。

夫には人参倶楽部のこともマスターのことも話してあります。そのうちに、ひょっとしたら近いうちに二人揃《そろ》って現われるかもしれません。期待していて下さい。私を知っている人参の常連さんたちによろしく。

もうすっかり秋ですね。おからだ大切に。

十月一日

古沢聡子

謹んで
新春のご挨拶を
申し上げます。
一九八九年　元旦
古沢健一
聡子

ごぶさたしております。
皆さんお元気ですか？
今年こそ夫婦でおめにかかります。
さとこ

暑中御見舞申し上げます。
皆さまお変りありませんか。
私はあいも変らず堅実な主婦を務めております。
昔みたいに一人でフラリとお酒を飲みに行くことなど考えられない生活です。　ああまた人参倶楽部で飲みたいナ。いさむさんの顔も久しぶりに見てみたい。思いがつのったら、ひょっこり会いに行くかもしれませんヨ。

ダイビング・ウイドウより

いさむさんへ。

お元気ですか。

あたしはあまり元気とはいえません。いま『ミシシッピー・バーニング』という暗い映画のビデオを一人で見終ったところです。夫はダイビング仲間とどこかでお酒を飲んでいます。そう言って出かけたのでたぶんそうだろうと思います。

近ごろ夜はいつもビデオを見ています。それか小説を読んでいます。ビデオは『星の王子ニューヨークへ行く』とか『背信の日々』とか新しいのを何でも借りてきて見ます。小説は夏樹静子のミステリーばかり読んでいます。もう本棚の一段分くらいたまりました。昼間はお掃除をしたり料理の献立を考えたり気がまぎれますが、夜は一人だと他にすることがありません。毎晩まいばん寝る前には頭痛がして、バファリンが効くまでおさまりません。

　夫との間はうまくいっていると思います。少なくとも表面上はうまくいっています。だってまだいちども大喧嘩《おおげんか》はしたことがありません。ただ、前よりもお互いに口数が少なくなったのは事実です。夫の不満は想像がつきます。私がダイビングに理解を示さないからです。理解というよりも、関心を示さないからです。

　知り合って最初に（私が働いていたお店で）話を聞いたときにはとても楽しそうで、いちどやってみたいなという気にさえなったのですが、石垣島へ行ったときに試してみて、すぐに私には向いていないとわかりました。私はもともと海で泳ぐのもそう好きなほうではありません。金づちでもありませんが、砂浜で寝そべっているのが性に合っているようです。

　海で潜る前にホテルのプールで練習させられたときから、こんなことのどこが面白いのだろうという感じでした。夫が一緒でなかったら、そこでやめていたと思います。翌日さっそくダイビング・ボートという船で海へ出たのですが、途中、ウェットスーツに着替えているあたりからすでに軽い船酔いでした。それでも夫の手前、我慢してニコニコしていたのを憶《おぼ》えています。ウェットスーツで身体を締めつけられ、シュノーケル付の水中眼鏡に足ひれに手袋、そのうえ重いタンクまで背負って潜った海の中は、残念ながら期待したほど美しくはなかった。青みがかった、私にはただ薄気味悪い世界でした。赤いはずの珊瑚《さんご》だって青いセロファンをかぶせて見るように色が濁っている。すぐ眼の前を動いているのは海蛇や蛸《たこ》。動かずにじっと岩に取り付いているのはプロレスラーの腕ほどもある灰色のナマコ、よく見ると白地に黒い水玉模様のナマコ。レギュレーターをくわえているのに息苦しくて、死ぬほど喉《のど》が渇いて、ただもう一時《いっとき》も早く陸《おか》に上がって新鮮な空気を吸いたいと、そのことだけ願っていました。

石垣島で一度だけスキューバ・ダイビングを経験して、私の印象に残ったのは薄気味悪さの他に、心細さです。潜る前に、先に海へ入って夫を待つ間、うねる海面に顔だけ出して眺めたボートが、すぐそこにあるのにずっと遠くに浮んでいるように見えて、自分が広い海の上を一人ぼっちで漂っているみたいな錯覚に襲われました。そのままうねりに身を任せるとずんずん遠くへ流され、私は次第に小さな点になって消えてしまうという突然の不安、そのときの心細さがいちばん強く印象に残りました。結局、その日限りで私はスキューバ・ダイビングをやめました。そして新婚旅行の残りを、日がな一日ホテルの部屋で夫の帰りを待って過しました。

いまも同じです。考えてみると、あの新婚旅行の後半以来ずっと私は夫の帰りを待ち続けているようです。待ちながら、何度も何度もくり返し、石垣島の海で味わったあのときの心細さを思い出しているようです。3LDKのマンションに夜ひとりでいて、ビデオを見終り、巻き戻している最中に、ふいに自分がたまらなく孤独に思えることがあります。

＊

一週間くらい前にも手紙を書きかけて途中でやめました。とてもいさむさんに読んでもらえる内容じゃないと思ったからです。その手紙も今日と同じように夜、夫の留守に書きました。今日は十月の六日です。夫はいまごろダイビングの仲間とお酒を飲んでいるはずです。今夜、ジャイアンツの優勝が決ったので、そのお祝いだと言ってさっき出ていきました。

このマンションは夜、私が一人でいるには広すぎます。それに静かすぎます。私は十九歳のときからスナックで働いてきて、夜はにぎやかなのに慣れていたので、いきなりこんな所に一人で置かれると自分を持てあましてしまいます。

正直に言いますが、私たち夫婦はもうだめだと思います。先ゆきが不安だとかではなくて、いま、すでにだめになっていると思います。夫には私の心細さが少しもわかってもらえません。何を訴えても、くよくよ考えるなとか毒にも薬にもならない言葉で励ますだけです。そしてダイビングに誘い、仲間たちとのパーティに誘ってくれるだけです。私はもう二度と海の中で心細い思いをするつもりはありません。夫の仲間たちに混じってお酒を飲み、育ち方も言葉づかいも私とはまったく違う奥様方の輪の中で、話の嚙《か》み合わない寂しい思いをするつもりもありません。

みどりさんの結婚が決りかけています。そのことでも心細さを味わったばかりです。みどりさんというのは夫の妹で、今年女子大を卒業してテレビ局の仕事に就いていたのですが、この夏に催し物の受付をしていて見初《みそ》められ、縁談が持ちあがりました。見初めたのは代議士の母親で、自分の孫の嫁にという話です。つまり代議士の息子の嫁にということです。私はそのことを夫から聞かされて知っていました。

おとついは義父の誕生日でした。私たちも夕食に招かれ、久しぶりに夫の実家を訪れました。早めに着いたけど、手づくりの料理は義母とみどりさんとの担当で私の出る幕はないから、居間で義父と夫と三人、お茶を飲んでいました。義父はあたしが見立てたネクタイの柄を気に入ってくれた様子でした。そこへ電話がかかりました。私がみどりさんに取り次ぎました。相手は若い男の人だったので、例の代議士の息子さんではないかと察し、物問いたげな顔の義父にそう伝えました。するとそれを聞きつけて義母が言いました。あまりに唐突で驚いてしまって、言葉はもういちいち憶えていません。あなたがしゃしゃり出る問題ではないとか、そういった内容でした。あなたは健一の嫁としてできる範囲のことをきちんとやってくれればいい。孫の顔も見せられない嫁が、余計な口出しをするな、そんなふうなことだったと思います。義母は普段から棘《とげ》のある言い方をする人ですが、このときは特別でした。そのあとの食事の時間が苦痛で、お肉のソースの味も何もわからないほど特別でした。

夫はあとで二人きりになったときになぐさめてくれました。自分の母親はああいう人間だから、ずけずけ物を言うだけで腹には何もない女だから、あんまり気にするなと言ってくれました。それに、余計な一言を口にしたおまえにも落度がないわけではないとつけ加えました。私は何も言い返しませんでした。些細な出来事ですが、私には決定的に思えたのです。私はこのところずっと、もしかしたら夫との結婚は最初からまちがいだったのではないかと思っていました。些細な出来事が他にもいろいろあって、ずっと思い続けていました。いまはもう、まちがいだったと心から悔んでいます。でもそのことはまだ夫には打ち明けていません。

また変な手紙になりました。いさむさんに（他の誰かにも）聞かせる話ではないですね。こんな身内の話を読まされて迷惑だろうなというのはわかっています。人は周りの環境に合せて変れるという私の考えは誤りだったかもしれません。人は、たとえ好きな人と一緒に居ても、どうしても変れない部分を持っているのかもしれません。これ以上書くと書きながら泣いてしまいそうです。一週間前に書いた手紙も同封します。もう読み返しません。私の心細い気持をいさむさんに知っていてもらえると、そう考えるとほんの少し心が安まります。

十月六日、夜

さとこ

ゆうべは久しぶりにいさむさんの声が聞けて気持が落ち着いたのかぐっすり眠れました。ほんとですよ。もっと早く（料金のことなど遠慮せずに）電話をかければよかったと思いました。

やっぱりもうだめみたいです。電話でも話した通り、夫の結婚に対するイメージと私のそれとでは大きなくい違いがあります。自分たち二人が好き合っていれば、信頼し合っていればそれでいいというのは、もっともらしく聞こえますが、私には何だか坊っちゃん育ちの甘い考えに思えてなりません。夫婦ふたりがうまくいっていさえすればいいというのなら、私は夫のダイビング仲間とも、口うるさい義母ともつきあわなくて済むのでしょうか。それで私たちの結婚生活が成り立つのでしょうか。

夫とは毎日、言い争ってばかりです。最初からダイビングに関心のある素振を見せなければ、結婚なんかしなかったとまで夫は言います。私は私で、ダイビングにではなくあなたに関心があったの、そんなこともわからなかったのと言い返します。夫はもう二度とあの街へは旅行しないなどと、ふてくされています。あの街の海に潜って、あの街のスナックで酔ったのが失敗だったと、いまさら言っても遅いのにぶつぶつぼやいています。投げやりな言い争いです。涙も出てきません。近いうちに正式に離婚することになると思います。義父はひょっとしたら残念がってくれるかもしれませんが、義母はもともと不釣合な結婚だったとか何とか憎まれ口をきくんじゃないかしら。いずれにしても、結婚が二人だけの問題なら夫にとっては離婚もそのはずです。
離婚した後のことはまだ具体的には考えていません。父の家にも母の家にも帰るわけにはいかないけど、またあの街に戻って、夜のお勤めを探そうかとぼんやり考えたりしています。そうしたら、昔みたいに人参倶楽部で、常連の酔っ払いさんたちに混じって明け方まで飲んだりできますね。それもいいか、と思っています。

十月十六日

さとこ

謹んで

新春のご挨拶を

申し上げます

一九九〇年　元旦

古沢健一

聡子

暑中御見舞申し上げます。

お元気ですか、マスター。

今年の夏はほんとに暑いですね。こちらも連日、真夏日で少々バテ気味です。

四月に男の子を出産しました。

いろいろ話したいこともありますが、いつかきちんとした手紙を書きます。

おからだ大切に。

さとこ

久しぶりにお手紙します。

先日の台風はたいへんだった様子ですね。新聞やテレビを見て心配していました。人参倶楽部に被害はありませんでしたか。

こちらはいたって静かな秋です。近くの公園の銀杏《いちょう》の葉も鮮やかに色づいています。

昨年中はいろいろと御心配をかけました。何から話してよいのか迷うほど、あの後も様々ないきさつがありましたが、でも、きっといさむさんのことだから何も言わなくてもわかってもらえますね。自分勝手と言われそうですが、そんな気がします。本当のところ、妊娠していると気づいた当時は迷いもしました。夫に伝えるべきかどうかさえためらいました。でも結局、これでよかったのだと思います。いまはすべてが落ち着いて、去年の秋の騒ぎがまるで嘘のようです。

育児は思った以上に疲れるけど、そのぶん気がまぎれます。健太郎（息子の名）の顔を見ていると不思議と勇気もわいてきます。心細いなんて言っていられないという気持になります。母親としての力強さが私に備わったのかもしれません。あいかわらずダイビング狂いの頼りにならない夫がいて、一人息子が生れて、心優しい義父と、毒舌家の義母と、お嬢さん育ちの義妹とに囲まれ（みどりさんの結納は来月に決りました）、私もどうやら古沢家の嫁らしくなってきたと、私たち夫婦の生活もようやく結婚らしい体裁になったと、余裕を持ってにんまりすることだってできます。だからいまは、季節と同じように心静かな毎日です（夫の両親やみどりさんまでが、しばしば健太郎に会いにマンションに出入りする点を除けば）。

もちろん嫌《いや》なこともないわけではありません。たとえば私たちが住んでいるこのマンションは、夫が前の奥さんと一緒に暮すために父親に買ってもらったのだということが、昨年の秋の騒動のなかで知れました。義母が言うには、前の嫁のときにも私に対してと同じように義父はずいぶん肩を持ったということです。それでも同居がどうしてもうまくいかないので、夫と義父とが二人で組んで勝手に準備した部屋だそうです。結局、入居する前に離婚が成立したという話ですが、実際のところはどうなのか、最初から家具や電気製品が手まわしよく揃っていたことをいま考えると、一ケ月やそこらはこの部屋で二人で暮したのかもしれない、そう疑えば疑えます。

それから私の父の問題もあります。母のほうは、幼い私を捨てた人ですから、いまになって会いたいとも思いませんが、やはり父には健太郎の顔を見てもらいたいという思いがあります。でも夫は結婚式でいちど会ったきりの私の父にあまり好感を持っていないようです。一歳にもならない赤ん坊を連れてわざわざ旅行することはない、むこうから会いに来るべきだと、取り合ってくれません。父は父で、何を考えているのやら、初孫が生れたというのに御祝にまだ早すぎる玩具を宅急便で送ってくれただけです。おそらくいまの奥さんへの気がねもあるだろうし、私からはあまり無理も言えないので、いまのところどうしようもありません。

その他にも小さな問題はいくつもあります。それが一つ一つ片付けば、また一つ一つ出てきて、きっと（いままでのように）今後も小さな問題は絶えないのじゃないかと思います。でも、そう思いながらも、いまの私はだいじょうぶです。嫁として、妻として、母親として、どうにかこうにか役割をこなしていけそうな予感がしています。

もうだめだと書いたり、だいじょうぶと胸を張ったり、どうか読んで笑わないで下さい。いろんな事が起りますね。傍《はた》から見れば些細で、馬鹿ばかしくても、当人にとってはそのときそのときが重要で、そして真剣に考えたあげくのことなのです。いさむさんにはそのことがわかってもらえると信じて、いつも手紙を書いています。

健太郎くんはいまお休みです。すぐそばですやすや眠っています。この子が早く歩けるようになって、近くの銀杏の公園へ一緒に散歩するのが楽しみです。それからもっと大きくなったら思い出の人参倶楽部へも連れていきたい。その日がいつか訪れる事を願いながらペンをおきます。

お元気で。おからだ大切に。

十月七日

謹んで
新春の御挨拶を
申し上げます
一九九一年　元旦

古沢健一
聡子
健太郎

すっかりごぶさたしていますが、お元気でしょうか。
今年もよろしくお願いします。
さとこ

古沢聡子

お元気ですか。

私はいま名古屋にいます。元気です。高校時代の友人を頼って、２ＤＫのアパートに居候《いそうろう》させてもらっています。

友人は独身で、美容師（支店の店長さん）をしていて、とても忙しい人です。朝の十時前に出かけて夜の十時まで戻りません。その間に私は部屋の掃除をしたり、洗濯をしたり、近所の市場で買物して夕食をつくったり、あとはぼんやりテレビを見たりしています。そんな毎日がもう一週間くらい続いています。

先月の末に離婚届を出しました。夫と二人で、それから義父をまじえて三人で、よく話し合っての結論でした。義母は、離婚話が持ち上がったときから、おしまいまで私には会おうとしませんでした。

誰が悪いという言い方はしたくありませんが、でもいまになって考えると、やはりいちばんの原因は私にあったと思います。私は夫の妻としては合格できても、古沢家の嫁としては不合格だったと思います。

どんなに努力してもだめでした。努力すればするほど、身体も心も固くちぢこまって、自分が自分でなくなるようで不安でした。

いつだったか、いさむさんが言っていたことを思い出します。子供のときから親とか兄弟とかに縁がなくて、ずっと一人で何もかも自分の思い通りに済ませてきたから、家族や親戚が集まる団欒《だんらん》の場がどうも苦手だといつか言ってたでしょう。私も同じだなって思います。私も家族と一緒より一人でいるほうに慣れています。死ぬまでこの人たちと一緒だと考えると何だかひどく窮屈でたまりません。その場かぎりのどこの誰とも知れない人とお酒を飲んだりする生活が懐かしく、それが自分に似合っているような気もします。

私の意志を通した結果だから、こんどのことでは誰も恨んだりはしません。泣いたりもしません。夫はただ私よりも古沢の家を選んだ、そういう人だったというだけです。私は私が生んだ子供よりも、私一人でいることを選びました。子供は古沢の家で育ったほうがきっと幸せだと最後の最後に決めました。

もうしばらく、気持の整理がつくまでのんびりしたらと友人は言ってくれますが、そうお世話にばかりはなれないし、もう気持の整理もついているので、来週あたり仕事を探すつもりです。そしてアパートを見つけてまた一人暮しをはじめます。荷物は洋服と化粧道具だけでボストン・バッグ二つ分しかないので、見知らぬ街でそれこそ一から出直しという感じです。

本当は、人参倶楽部のある街に戻って昔みたいに暮したいという気持もあります。でもそれはいつだってできることだからね。そう自分に言いきかせて、この街での生活がうまくいかなくなったときの、どうしようもなくなったときの帰る場所に取っておきます。

それまで、いさむさん、お願いだから私のことを忘れないで下さい。もし酔っ払いの誰かが私のことを訊ねたら、だいじょうぶ、元気でやってると伝えて下さい。

また心細くなったら手紙を書きます。

おからだ大切に。

十月十一日

木下聡子

追伸

いただいたドライヤーはいまでも大事に使っています。憶えていますか?

彼女の電気あんか

一塁《るい》側と三塁側に雛壇《ひなだん》の形をしたベンチが二つずつ据えてある。

一塁側のホームベース寄りのベンチ前に、私は渡されたばかりの缶ビールを持って立っている。足もとには大きめのアイスボックスが二つ。そばには、ジーンズにTシャツの上からユニホームの上着だけはおった女の子。ボタンも止めていない。

守備位置についた選手たちを眺めると、九人が九人とも似たような恰好《かっこう》である。なかにはタバコをくわえた男もいる。女の子が私の肘《ひじ》に手をかけて、2点負けていると教える。スコアは8対6。2回のオモテ、ノーアウト。そのあとは私が自分の眼で確かめる。満塁。

相手チームの打者が金属バットでボールを叩《たた》く、というよりも両手で持ったホースで水を撒《ま》いているようなスイングで、力のないフライを打ち上げる。女の子と腕を組んだまま、私は眼でボールの行方《ゆくえ》を追う。一塁ベース寄りに据えられたもう一つのベンチのいちばん上の段に、小説家が一人ぽつんと腰かけている。左手に私と同じ缶ビールを持って腰を少し浮かし、のばした右手で彼がボールをつかみ捕る。

守備側の選手からグラブをはめたままの拍手と歓声がおこる。ベンチで応援する女の子たちがやや遅れてそれに加わる。ワンナウトだと言って小説家が一塁手にボールを放る。

一塁手は小説家のいちばんの飲み友だちで、父親が出資した婦人服の店を一軒、任されている。ボールは一塁からホストクラブに勤めるセカンドへ、セカンドから大学受験に二度つづけて失敗している少年が守るショートへ、ショートから生簀《いけす》料理屋の板前のサードへ、サードからスナック・バーの若いママであるピッチャーに送られる。その間に、それぞれがワンナウトと声をあげる。最後に、ウィークデイにどうやって休みを取ったのか海上自衛隊員のキャッチャーが、外野に向って人差指を突き出し、ワンナウトだと叫ぶ。

その声に気圧《けお》されて、首をかしげながらいったんは自軍ベンチに帰りかけた打者が、次の打者に付き添われて主審に抗議する。

学習塾の経営者であり二年後の市議選への立候補を表明している主審は、大きくかぶりを振って抗議を認めない。チーム内に女性が加わっている場合、その数の分だけ特別の守備要員をいかなる場所にも配置できる。ちょうど一年前の春、ソフトボール・チーム人参倶楽部はこの新規則をかかげて発足し、昨シーズン全敗に終った十二試合のすべてに適用した。

守備についている九人はもちろん、主審も人参倶楽部の常連客だから、今シーズン最初の試合にもとうぜん適用されると判断したのだろうが、相手方（チェーン店の美容室で働く従業員チーム）は納得しない。三人のランナーを含めて全員がホームベースへ集まり、主審を取り巻いて揉《も》めはじめる。

投手と捕手を除く七人の野手はグラブを尻《しり》の下に敷いたり、思い思いの恰好で守備位置にすわりこみ、ワンナウトぐらいでぐずぐず言うな、とか、早くしないと日が暮れてしまう、とかときどき野次《やじ》る。ピッチャーがベンチに戻ってきて、マニキュアの剝《は》げかけた指先を気にし、疲れちゃったから誰《だれ》か代ってと頼む。ピッチャーの店で働く女の子が、私のそばを離れてマウンドへ登り、揉め事の輪から逃れてしゃがんだ自衛隊員に向って、鯉《こい》にエサを与えるような心もとない手つきで、山なりのボールを投げる。

あれはファウルにまちがいない、と抗議の声が高まる。なんでベンチでビールを飲んでる男がファウル・フライを受けてアウトになるんだ？

誰がどこにすわって何を飲んでいようが、投手が女性である以上、彼の捕球はアウトと認定される、未来の市会議員がそう断固と答える。これは規則だ。グラウンド・ルールのアウトだ。

私は十メートルほど先の小説家と眼を合せ、微笑《ほほえ》んでみせる。小説家が顔の前で空《から》になった缶を振っている。ちょうど彼の頭上には花の開いた桜の枝が張り出し、私が見ている間にも一ひら二ひらと花びらが散って風に運ばれる。

水いろの高いフェンスで仕切られたグラウンドの周囲には、整地の際に惜しんで切り残したという感じで桜の木が何本か植わっているのだが、他がまだ五分咲き程度なのに比べて小説家がすわっているベンチのそばの一本だけが、盛りの花を戴《いただ》いている。私はアイスボックスの中からもう一本ビールを取り出し、選手たちの荷物や応援の女の子で埋っているベンチの前を通り、小説家一人だけが腰かけている雛壇の方へ向って歩いていく。

私が一段一段上っていくあいだに、小説家はビールの空缶をクシャッと音をたてて握りつぶし、手首をきかせて放りなげる。空缶は私の頭上で放物線を描き、雛壇の前に置いてある針金で編んだくず籠《かご》の縁《ふち》に当って芝の上に転がる。

小説家が苦笑いで私を迎える。二本めのビールを手渡し、私は彼の横に腰をおろす。

「来たね」

「晴れたからね。気分がいいよ」

「19の女の子にも好かれてるし」

「こんな日には洗濯しないと損した気になるって女房が言ってた」

「ほんとはぼくが口説《くど》くつもりで誘ったんだけどね、もっと年上がいいって本人が言うから、しょうがないな、じゃあ人参倶楽部のマスターはどうだって訊《き》いたら、あたしの好みにぴったしだって」

私と二つしか年の違わない小説家の眼は、いま投球練習をつづける女の子を見ている。彼女と同じように小説家もユニホームの上着だけを身につけていて、やはりボタンをはずしているので、胸に深紅で記されたチーム名の五つの漢字のうち真ん中の「倶」が左右に割れて読み取りづらい。帽子はライオンズの青。バドワイザーのプルリングを引っぱって小説家が言う。

「ちょっと変ってていい子だと思うよ」

「仲を取り持ってくれるのは有難いけど、少し若すぎないか？」

小説家が私の気持を見すかしたような眼つきでちらりと振り向き、ビールを一口飲んだ。

「19が若すぎるっていうなら長谷直美だってまだ若い」

「はせなおみ?」

「知らない? ぼくと同い年の女優、むかしひどく可愛《かわい》かった」

どうやら人参倶楽部に有利に揉め事のけりがついたらしい。

野手がおのおの尻をはたきながら立ちあがり、一人しかいないアンパイアがプレイボールを宣告し、バットをかまえかけた次の打者が私の姿に気づいてアンパイアに何事か訊《たず》ね、訊ねられた男が何度かうなずいてゲームは再開される。たぶん私がフライを捕ってもアウトとは認めぬということだろう。

私は名目上、ソフトボーム・チーム人参倶楽部のオーナーという立場になっている。

実際には、暇と金と三十過ぎて弱った体力をもてあました洋服屋の発案で、彼がすべてを取りしきる。選手は全員、私の店で駆り集められた。つまり全員が酔った状態で彼に口説かれたわけだ。

チーム名に店の名前を使いたいと申し出を受けたときも、私は冗談半分に聞き流して、ただうなずいただけだった。ソフトボールに限らず、もともと私はプロ野球にも草野球にも興味がない。しかし発案者は本気だった。

真新しいユニホームが出来あがったとき、驚いたのが私一人ではなかったことは、チーム発足から一年たった今のグラウンドの様子を見ればだいたいの想像はつく。派手なピンクの上下をいまだに几帳面《きちょうめん》に身にまとっているのは、実質上のオーナーの一塁手だけである。同じ色の帽子を被《かぶ》っているのは投手の女の子を入れて二人。要するに去年の春、誰もが酔っ払ってチーム結成に賛同したのだ。そのとき誰もユニホームの色になど関心を持たなかったというわけだ。

当然のことながら、昨シーズン途中で何度も選手の入れ替えが起り、そのたびに背番号付のユニホームは新しい酔っ払いの手から手へと渡っていった。私の背番号3は（チームに加わった順番に最初は配られたのである）、いまも新しいまま店の戸棚の奥に眠っている。私は去年一度もグラウンドへ足を運ばず、必ず私の店で開かれる打ちあげのときにゲームの結果を聞くだけだった。今日も、小説家がわざわざ家へ電話をかけてきて気を引くような誘い方をしなければ、こんな時刻にこんな場所でビールなど飲みはしない。

「あの子は、ちょっと変ってるな」

と背番号2の小説家が再びこちらの気を引くような口をきく。

「それは知ってる」

「どう？」

「初めてうちの店へ来たときにそう思った。水商売に入る前は何をしてたって訊いたら、片手を握りしめて、こう、ぐるぐる廻して見せてね福引きみたいに。デンザイヤで働いてたのって笑う。デンセンを巻いてたのよって。よく聞いてみると、電気工事に使う材料を扱う店のことらしかった。電材屋。知らなかったけど、そういう言葉があるのかな」

「載ってなかった」

と小説家がすぐに答える。

「広辞苑を引いてみたんだけど」

「……やっぱり」

ノー・スリーから相手打者の叩いたボールが外野へ高々と上がる。レフトを守る二十四時間営業のうどん屋の店員がユニホームの裾《すそ》をはためかせて走り、同様に走ってきた定職のない普段はパチンコ屋に入りびたりのセンターとほとんどスピードを緩《ゆる》めずにすれ違い、ボールは二人の間を抜けてフェンスまで転がっていく。

一塁手が行きつけのオカマ・バーでアルバイトをしている大学の空手部員のライトがフィールドの端から端まで走ってボールを追いかける間に、スコアは12対6に変る。投手がピンクの帽子の上にグラブをはめた手を載せて、私に向い舌を出して見せる。ビールを一口飲んで、小説家が言う。

「初めてカウンターのむこうがわに彼女を見たとき、きれいな女だと思った。とても19には見えない。浮わついた感じがなくて、その逆だね、なんとなくしっとりした感じがある。で、彼女は結婚してるんじゃないかってママに訊いてみた。つい二三ケ月前に結婚したばかりの若妻が事情でアルバイトにホステスをしている、そういう空想なんだけど、ママが大笑いして、あなたって人は何年飲んでも女を見る眼が出来ないのねえって言う。ふつうの十代の女の子じゃないの、ちょっと人見知りなだけよって。それから彼女をぼくの前に呼んでくれたんで、直接、本人に言ってみた」

「結婚してるのかって？」

「結婚したばかりの女がスナックで働くわけないよ」

「…………」

「いくら酔ってたってそんな馬鹿なことは訊ねない。きれいだねって、ほめたんだ、一杯おごりながら。ほんとにきみはきれいな子だって。そしたら彼女は照れもしないで、ただにっこり笑って、時間よ止れ？　そう訊き返した……」

「それが？」

「『ふしぎな少年』てテレビドラマがむかし流行《はや》ったよね。時間よ止れ、て少年が叫ぶと、周りで動いてるものがみんな止ってしまうという」

「うん、憶《おぼ》えてる」

「その台詞《せりふ》の引用だと思ったんだ。でもなんか妙で。だいいち『ふしぎな少年』の時代には彼女はまだ生れてもいない。その場はわからないまま笑ってごまかしたんだけど、あとあとまで気になっててね、ちょうど編集者と電話で話してるとき、思いつきで彼女のことを喋《しゃべ》ってみた。そしたら、それはゲーテじゃないかって、ゲーテの『ファウスト』の中に、過ぎて行く瞬間に向って、止れ、おまえは美しいと呼びかける場面があるじゃないかって。そうか、とぼくは思わず唸《うな》ったたね、電話口で。まちがいない、彼女は『ファウスト』の文句を引用したんだ」

横眼で、小説家の様子をうかがってみたが、冗談を言っている顔つきではないようだ。ゲームの方は、フォアボールと内野のエラーが二つ重なってまたしても満塁である。私はビールを飲みほしてから、訊ねてみる。

「『ファウスト』って？」

「ここだけの話だけど、読んでないからよく知らない」

「彼女に確かめてみた？」

「訊けないよ。小説家が19の女の子に向って、あれはゲーテの引用だったの？　なんて恥しくて」

「まあね」

「それでちょっと呆然《ぼうぜん》としてるところへ、今度は彼女と一緒にアパートを借りて暮してる女の子からまた妙な話を聞いた。……そのことは知ってるよね？」

私は用心深く訊き返す。

「何を？」

「友だちと二人で住んでること」

私は曖昧《あいまい》にうなずいて見せる。

「その子が言うには、彼女は枕《まくら》もとにある物を置かないと絶対に眠れないんだって」

「…………」

「ある物っていうのはラクダと象のぬいぐるみ、てのひらに載るくらいの小型の。これは本人にも確かめてみたから、本当らしい。電材屋、ゲーテ、ぬいぐるみ。妙な取り合せだよね。奇妙な女の子だ。友だちの推測では、ぬいぐるみは亡くなった父親に買ってもらった思い出の品だというんだけど、そのくらいだから古いんだろうね。枕もとに薄汚れた小さな動物が二匹、あんまり気分のいいもんじゃない。でも我慢するからぬいぐるみを持ってホテルへ行こうと誘ったら、ぴしゃりと断られた。人参倶楽部のマスターと恋に落ちてるからだめだって。ということはつまり、彼女の片思いというわけでもなくて」

私は咳払《せきばら》いをしてその先を遮《さえぎ》り、ビール缶をくず籠へ放る。それが風にあおられて届かず、雛壇のいちばん下に当って落ちるのを確かめてから小説家がまた喋る。

「前々から思ってたけど、いさむさんとぼくの好みのタイプは似てるね。でも今回は相手がはっきり意思表示してるから引き退がるしかないと思う。ただ、その代りというんじゃないけれど、電材屋、ゲーテ、ぬいぐるみ、このことを小説に使わせてもらえたら、ぼくとしては」

「それはまずいんじゃないか」

という言葉が思わず私の口を突いて出る。

「どうして」

「彼女に気の毒だ」

「ぼくが書いた小説なんて読まないよ」

「本人が読まなくても誰かが読む」

「誰も読まないよ、誰かに読まれてるという気配すら感じない、最近は」

「うちの女房はかかさず読んでる」

小説家が振り向き、しばし黙る。私は小説家が私と彼女との関係をどの程度まで知っているのか、あるいは察しているのか、その点がはっきりしないもどかしさを味わう。押し出しで続けて2点入り、スコアは14対6になる。

「今週の金曜日が締切りでね」

と小説家が再び口を開く。

「原稿用紙三十枚。編集者は彼女のことを何とか作品に仕立てろと言う。他にヒントになる材料もないし、ぼくとしては、そうしますと答えざるを得ない」

「どんなふうに仕立てる？」

「35の男と19の女が知り合って恋に落ちる、そこまでで十枚。次の十枚で男が女をホテルに誘う。男は妻子持ちで女はルームメイトと二人暮しだからホテルに行くしかない。ところが女はいやだと言う。ぬいぐるみがないと眠れないというのが理由なんだけど、男はそのことを知らないから振られたと思う。そして残りの十枚。うまい具合に誤解がとけて二人は結ばれ、男が新しいぬいぐるみを買ってやるところで終ればともかくのハッピーエンドだけど、これはきまじめな性格の編集者から、いったい男の奥さんのことはどうなるんですか？　と疑問が提出される。じゃあ、こうしよう。二人は結局ぬいぐるみが原因で不本意ながらも別れてしまう。時が経《た》って、男は女のルームメイトと偶然出会い、事情を聞かされ愕然《がくぜん》とする。この結末のいい加減さには読者も（もしいれば）愕然とするだろう。でもこれしか思いつかない。ぼくだって、毎月まいつき締切りが二つも三つもやって来るんでなければ、こんなのはメモだけ取って机の抽出《ひきだ》しに眠らせたいとこだけど」

「やっぱりまずい」

と私は呟《つぶや》く。話の中に出てくる三十五の男というのはむろん私のことである。そしてハッピーエンドで終る方の筋書のおそらく二十七枚めくらいまでは（小説家がそのことを知っているのかどうかはわからないけれど）実際に起った出来事そのままだ。つまり、うまい具合に誤解がとけて二人は結ばれた。しかし私はまだ彼女に新しいぬいぐるみを買い与えてはいない。

「まずいと言われてもどうしようもないよ、締切りまであと四日しかないんだから」

「でもまずい、男の年が35というのは……」

「じゃあ、36にしよう」

私はためいきを洩《も》らし、婦人服で商売しているファーストに眼を止め、もういちど吐息をついてから試しに言ってみる。

「彼の話の方が面白いんじゃないか？」

「だめ。あいつの話はもうほとんど書いてしまったから。残ってるのは笑い話の種くらいだね。スナックのカウンターで隣合せた客と意気投合して名刺を渡したら、相手がヤクザで、次の日すぐ喫茶店に呼び出されて焼物の大皿を三十万円で売りつけられたとか。知り合ったその日に女の子をホテルへ連れ込んで、彼女があたしまだいったことないのなんて言うから、じゃあいかせてやろうと歯をくいしばってる最中にふと気づいたら、下になった女の子が胸の前で両手を叩きながら頑張れ、頑張れって応援してたとか」

小説家が思い出し笑いの顔になり、私の口から三たび息が洩れる。

打者が内野の真ん中にフライを打ち上げ、ピッチャーが両手で頭を押えてしゃがみ込み、その後方でファーストとセカンドとサードと交錯しながらショートがかろうじて捕球に成功する。ツーアウト。私は最後の抵抗を試みる。

「自分の経験は？」

「だめだよ。小説になるようなことは何もしてない。あったとしても一生懸命だから、客観的に三十枚にまとめる余裕なんかなくて」

「こっちだって一生懸命なんだ」

「それはわかってる」

「他に方法がないかな。男の職業をなんとか……」

「一つだけあるけど」

と言って小説家がニヤリとする。その途端に、私は理由もなく、罠《わな》にはめられたようないやな予感を覚える。去年のちょうどいまごろの話、と小説家がかまわずにきりだす。

「去年のいまごろ？」

「そう。花冷えのするころ。ヤクザと電気あんかの話」

「…………」

「いさむさん酔っ払ってあいつに（と一塁手に顎《あご》をしゃくり）その話をしたよね。それをぼくは又聞きした。そのときのメモはまだ残ってるんだけど、メモだけじゃ頼りない。だからもし、もっとくわしく話してくれる気があるなら、そっちを小説に書くこともできる」

去年のちょうどいまごろ。確かに、私は一晩だけ自分の店の酒で酔ったことがある。ほんとうは閉めたかったのだが、仕事を休んで他に何をするあてもない。暇な晩だった。最後までつきあってくれた客は一塁手ひとりだけだった。花冷えのするころ。花冷えという言葉は広辞苑に載っているのだろうか。あとワンナウトを取るため懸命に投球をつづける彼女の姿を眼の端にとらえ、私は喋る。

「名前は言えないけど、スナックのママだ、去年開店した。年は同じで35、きみより二つ上」

「きれいなんだろうね」

「好みのタイプが同じだっていうんだから想像してくれよ」

「色が白くて、頬《ほお》にまるみがあって、眼尻《めじり》が少しさがってて」

「うん」

「やせた子はだめなはずだからね、からだ全体がふっくらした感じ」

「ちょうどスナックがオープンしたころから人参倶楽部に通ってくるようになった。最初は店の女の子たちに連れられて。自分の店が看板になってからうちに飲みに来るスナックのママっていうのは、たいがい、大声で叫んだり笑ったりはめをはずすね。女の子たちもそうだけどママはとくにそうだ」

「狭い仕事場にこもって、客の機嫌を取って一日が終るわけだから、ウップンを晴らすんじゃないの？」

「そうかもしれない。ところが彼女は違った。何ていうか、それこそしっとり落ち着きがあって、笑うときも大声をはりあげたりしない。眼もとと口もとで表情をつくる、上品に。むこうはどうだったか知らないけど、こっちはもう一眼で気に入って、その」

「スナックを開く前は何をしてたんだろう」

「クラブに一年勤めてたそうだ。それで客をつかんだ」

「その前は」

「博多。その前が東京」

「東京はどこ？」

「くわしく知らない」

「訊かなかった？」

「訊いたと思うけどね、でもきみと違って小説を書く魂胆はないから、無理には訊くつもりがない」

「パトロンは、どうなんだろう」

「この街にやってきて一年で自分の店を持つくらいだから、いくらでも想像することはできるよ。でもそんなことはどうでもいい。とにかく彼女を一晩でも自分のものにできればそれでいい」

「そうかな」

　と小説家が妙に引っかかる言い方をする。投手は帽子を取って手の甲で額《ひたい》の汗を押え、髪をかきあげる。三つの塁はまたすべて埋っている。

「彼女が通ってくるのをだんだんと待つようになった。顔を見るだけで、その晩は初恋のころに戻ったみたいにうきうきする。それが自分でもよくわかる。そのくらいだから彼女が元気がないことにもすぐに気づいた。いかにも悩み事がありそうで、見ているこっちまで辛《つら》い。でも店の中では他の客の手前、話しかける言葉にも限度がある」

「彼女の店に電話をかけた」

「いや、直接、飲みに出かけたんだ。店を開ける前の早い時間に。帰りがけに彼女が外まで送ってきて、そのまま近くの喫茶店に入って話を聞いた」

「ヤクザにつきまとわれて困ってるんだね？」

「正式のヤクザじゃなくて、正式のっていうのも変だけど、要するにただのチンピラだな。若い取り巻きを二三人連れてはいるけど、ふだんは麻雀《マージャン》ばかりやってる。何とかって組の誰かと少しつながりがあるというだけでね。でも、その手の人間に店に入りびたりにされた日にはたまったもんじゃないよ。まず他の客が敬遠するし、悪い噂《うわさ》でも立ったらそれでおしまいだな。同じ商売だけに彼女の辛さがよくわかった。で、その男のことはぜんぜん知らないわけじゃない。昔、まだ十代でクラブのボーイをやってたころの遊び仲間の一人だったから。そんなことを彼女に言ったってしょうがないんだけど、気づいたら喋ってた。何とかなるかしらって、すがるような眼で言われたら、もう黙ってうなずくことしかできない。その晩、彼女と初めて寝た」

「……どこで？」

「遅めに店を開けたけど、仕事が手につかない。彼女があとで寄ってくれることはわかってたから、他の客が入ってこないようにそればかり祈ってたよ。三時には看板を消して、二人きりで少し飲んで、それから彼女のマンションまで送ってそのまま……」

「電気あんかはそのとき？」

「終ったあとで、彼女が泊って行くかと訊ねた。もちろん、いやとは言わない。すると彼女がほんの一瞬、顔をくしゃくしゃにして、泣き笑いみたいな表情になって、ベッドの下からそれを取り出してみせた」

「楕円形《だえんけい》で、平べったくて、赤いベッチンか何かの布カバーがかかってる」

「……だったと思う。コードがぐるぐる巻きに巻いてあって、初めは何かと思ったよ。話を聞いてみると、彼女の母親がものすごい冷え症だったらしくて、たとえば銭湯の体重計に素足で乗っただけで風邪《かぜ》を引いてしまうという……母親譲りなんだ、彼女も。子供のころからの習慣でいまだに電気あんかなしでは眠れない。そのことをとても恥しそうに、というよりも悔しそうな感じに見えたんだけど、打ち明けてくれた。言わせてもらえば、彼女のただ一つの弱点だな。でもその弱点を、つまり彼女の秘密を教えられるというのは男として悪い気はしない。それでその晩は幸せな気分だった。翌日からだ、例のチンピラのことで悩みに悩んだのは」

「顔見知りなんだから、会って頼みこめばどうにかなるんじゃないの?」

「かえって恐い。相手もこっちの状態をだいたいのところは知ってるわけだよ、つまり店のことも女房子供がいることも。へたにつついて面倒が起きたら困る。本物のヤクザがからみでもしたら大事になる。臆病《おくびょう》すぎると思うかもしれないけど、もともと腕力には自信がないし、それにむこうは喧嘩《けんか》慣れしたチンピラだしね。どんなに彼女に迷惑をかけているかと話してわかる相手ならいいけど、それも無理に決ってる。話したって通じないことがわかってるだけに恐い。二週間くらい、悩むだけで何もできなかった。その間に彼女は何度か店に寄ってくれたけど、肝心の話には触れない、お互いに進んでは触れようとしない。しまいに、三日も四日もつづけて彼女が姿を見せなくなった。それで頭に血がのぼったみたいだ。彼女と、彼女の電気あんかと一緒に眠ることができなければ、何を失ってもいいなんて、やけになって考えた。恐いのは恐いけど、それをしなければ彼女はもう二度と手に入らない。それがちょうど一年前のいまごろだな、花冷えって言うの? 確かにこの季節にしては寒い晩だった。店を開ける前に相手の行きつけの麻雀屋に乗り込んで、話があるからどうしても外へ出てくれって頼み込んだ。案外あっ

さりついて来てくれたように思う、近くに児童公園があってね、桜が、まだ咲き揃《そろ》って
もいない桜の花びらがひらひらひらひら散ってる。相手はブランコに腰かけてタバコを
喫《す》ってた。こっちはそのそばに立って、頼むから彼女に迷惑がかかるようなまねはしな
いで欲しいと、前の晩から考えてた台詞をゆっくり筋道立てて喋った。聞き終ると男は
笑ったよ。せせら笑う、っていうのかな、とにかくいやな感じ」
「話してもわかる相手じゃないからね」
「違うんだ。そうじゃなくて、あのとき男は、おまえが心配することじゃないと言って
笑ってた。もう行かねえよ、そういう約束だからな。そう言ったよ、この通りに喋った。
いまでも憶えてる。それで帰ればよかったんだけど、しばらく立ったままもじもじして
た。そしたら男がもう一回、同じ笑い方をして、おまえがなんであの女に肩入れしてる
のか知らないけど、あの女は喰《く》わせ者だぞ、おまえみたいのが出る幕じゃねえぞって。
それからブランコを降りて、桜の枝を揺すって花びらを散らせてから、歩いて行く前に
捨て台詞を吐いた。なにしろ電気あんかだからな、いやになるぜ、電気あんかだ」
「…………」
「そのとき以来、彼女はうちの店には寄りつかなくなった。こちらから電話をかけるこ

とも、一度も考えなかったわけじゃないけど、結局は思いとどまった。だからあの男が言ったそういう約束というのがどういう約束なのか、いまだにわからない。男と彼女と二人の間の約束だったのか、それとも誰か第三者が中に入ってたのか。……まあ、いまさら知りたいとも思わないけどね。これで終り。こんな話が小説になるかな。なるとしても、やっぱり登場人物の年齢や職業は変えてもらわないと」

小説家は外野のむこうのフェンスでも眺めるような遠い眼付をしている。グラウンドではやっと三つめのアウトを取った守備側と攻撃側が入れ替るところだ。私はポケットを探りタバコとライターをつかみ出す。小説家がぽつりと言う。

「彼女とは一回きりだったわけだ」

「そう」

「さっき、彼女の過去のことはどうでもよかったって言ったけど、それはそこまで惚《ほ》れこんでいなかったということ？」

私は片手にタバコとライターを握ったまましばらく考えて答える。

「あるところまで惚れこめば、相手の過去まで知りたくなるのかい」

「なるね。いさむさんは……？」

「正直言って」

と答えかけて私は迷う。グラブを投げ捨てた投手が、帽子を横向きに被ってこちらへ歩いてくる。一塁手が声をあげて小説家を呼ぶ。私は認める。

「知りたくなるかもしれない」

「知らなくていいことでも」

「たぶん」

小説家は眼を細めて一つうなずき、空缶をまた握りつぶすと、狙《ねら》いをつけて放る。今度はうまく籠《かご》の中に吸い込まれたのを見届けて、小説家が腰をあげ、雛壇を降り、代りに女の子が上ってきて私の隣にすわる。

「さっきから何を喋ってたの？」

「『ファウスト』て本、読んだことあるか？」

「ない」

「彼がきみのことをきれいだってほめてた」

「酔うと誰にでもそう言うのよ、あの人。ねえ、新しいぬいぐるみを買ってくれるっていう話、あれね」

「でも彼はきみを口説いたって言ってたぜ」

「嘘《うそ》よ」

「ホテルに誘われなかった？」

「まさか。あの人、いまどこかのスナックの年上のママとつきあってるんだよ。みんな噂してるよ」

「…………」

「小説家の言うことなんか信じちゃだめよ、平気で嘘ばっかりつくんだから。ぜんぜん仕事なんかしてないくせに、何か都合が悪くなると締切りで忙しいって、何でも締切りのせいにしちゃうの。評判悪いよ、あいつ。飲む時間と小説書く時間と逆になればまともなのにって、うちのママは言ってる。どうしたの？」

「……いや。ぬいぐるみが何だって？」

「あたし新しいぬいぐるみはもう要《い》らない」

「どうして」

私は半分うわのそらで訊き返し、いま代打でバッターボックスに立った小説家を眺める。

小説家はこちらを見ようともしない。女の子が私の手からライターを取って火を点《とも》し、古いぬいぐるみも捨てることに決めたと言う。明日からは、ぬいぐるみがなくても眠れるよう生れ変るのだと。

あのひと

わがままといえばあのひとくらいわがままな人もいなかったわね。なにしろ電話に出ないでしょう。仕事に集中してて音が聴《き》こえないというのなら諦《あきら》めもつくけど、そうじゃなくて、ただ本を読んでたり、テレビの野球を見てたり、それを邪魔されたくないから出ないだけ。

自分でもそう言ってた。そば屋じゃあるまいし、いちいち鳴る電話に出られるかって。でもそれも絶対じゃないのね。気まぐれなの。気まぐれに電話を取るときもあって、そういうとき、あたしがもしもし？　って言うと、それ聞いただけで一言、

「ああ、いま忙しいんだ」

なんて不機嫌な声で切る。ほんとに一言で切っちゃう。なんだか怒られてるみたいなの。なんで電話をかけて怒られなきゃならないのってあたしなんか何べんも思った。

だからこちらからは連絡が取れないでしょう。電話を待つしかないでしょう。一時間も二時間も経《た》ったあとで、お店のほうへやっとかかってきて、

「さっきは何してたのよ」

こんどはあたしが怒ってみせると、

「ごめんごめん」

ってすっかり機嫌のいい声で謝《あやま》って、

「ちょうど和田がヒットを打ったところだったから」

みたいなこと言うの。

「和田ってだれ」

「タイガースの一番バッター」

「タイガースの一番バッターがあたしの電話より大切なの？」

「そうじゃないよ。それは違う」

「あたりまえよ」

「和田はどうでもいいんだ。大切なのは三番バッターの岡田。二番がバントで送れば岡田にチャンスがまわるからね、見逃すわけにいかない、ホームランを打てば二点入る」

「…………」

「実際にはレフト前のヒットで一点しか入らなかったけど、でもそれが決勝点になった。店が終ったら鮨《すし》でも食いにいかないか。今夜はぼくがおごるよ」

ね？　マスターはあのひとのこと知ってるからわかるでしょう。本気で聞いてるといつのまにか冗談になってるの。冗談だってわかるんだけど、でも電話を切られたことは本当だから、咄嗟《とっさ》には笑えない。変な感じが残るのね。いったいこのひと何を喋《しゃべ》ってるの？　どこまでが本気でどこからが冗談なの？

そういえば、お店の女の子たちはよく変な人ねってあのひとのことを言ってた。お酒を飲んでるときにもあのひと、相手の子が咄嗟には笑えない冗談を言って楽しんでるようなところがあったから。とにかく誰《だれ》に対しても、どんなときでもそう。笑えない冗談があのひとのおはこなのね。

それはあたしなんかは、こっちがまじめに話してるのにって歯ぎしりしたくなることもあったけど、一年のあいだには何べんもあったけど、歯ぎしりすればするほどあのひとの思うつぼ、何をどう喋っても冗談で返される。いったいいつ本気になるときがあるのってこちらが言えば、いつでもぼくは本気だよって答えるでしょう。馬鹿馬鹿《ばか》しくって話にならない、あのひとが相手だと喧嘩《けんか》もできないの。あのひとと一緒にいると、だんだんに自分が怒ることを忘れてしまうみたいなの。

お店で、お客さんが言い争いなんか始めると、そんなに険悪にならなくてもいいじゃないの、冗談の一つもはさめば済むことじゃないのって頭の隅で思ったり。何でも事をなごやかに、まるくおさめようとしてる自分に気がつくの。問題は曖昧《あいまい》なまま残るけど、それでいいんじゃないか。それがお互いにとっていちばんいい処理の仕方じゃないかと思えてくる。あのひとの冗談にしじゅうつきあわされてると、ほんとに、なんだか自分が人格者になったみたい。そういう気分にさせてくれる人ね。

それがいいときにはあのひとの魅力なんだけど、でも悪いときには、悪いときにはってこちらが悪く取るんだけど、やっぱりどこか物足りない。なごやかな雰囲気って壊してみたくなるでしょう。激しさがあってなごやかさも引き立つんだから、片方だけっていうのは男としての限界よね。ときには本音を聞かせてよってどうしても言いたくなるし、それができないと苛々《いらいら》もつのるわけ。だからほらあのひと、若い子とは長続きしないでしょう。いまだって取っかえ引っかえでしょう？　年上のあたしだから一年も続いたのよ。笑えない冗談ばかり言ってる男なんて若い子には歯がゆいだけだもの。そのくせわがままな坊やみたいなところもあって、電話にだって出ないんだから、あたしのこと何だと思ってるの？　はっきりしてよって、若い子なら三日で泣いちゃうわよ。

こうやって喋ってるとほんとに変な人に思えてくる。今夜だって久しぶりに電話をかけたのに、仕事中だからって言ってあっさり切られちゃった。話す暇なんかないの。人参倶楽部に閉店までいるとは言っといたけど、たぶん来ないでしょう。でも、ひょっとしたら電話くらいかかってくるかもしれない。最後の夜だからもうすこし話したいじゃない。マスターともね。だから看板までつきあってね。

初めて会ったのはおととしのお正月、松の内が過ぎた頃。

お客さんも一組か二組しかいなくて、そろそろお店を閉めようかなと思ってたら、あのひとが一人でふらっと入ってきた。一見《いちげん》の客だし、注文はビールだし、おまけにそうとう酔ってる感じで、看板まえにねばられちゃかなわないからあたしは挨拶《あいさつ》だけして、あとは女の子にまかせたの。そしたらしばらくして、ビールを三本くらい空けたところで例の調子で始まったのね。最初はあのひとがタバコを頼んでる声がして、それから女の子があたしに、

「ママ、ハイライトなんて置いてませんよね？」

って言って、

「ええ」

ってあたしが素気なく答えたら、

「じゃあ、何なら置いてるの」

ってあのひとが訊《き》いた。あたしのほうを向いて。

「マイルド・セブンなら」

「他には」

「キャビン・マイルド、ラーク・マイルド……」

面倒くさいなと思ってるうちに、あのひと鼻を鳴らして、

「それでいい」

ってこんどは女の子に言ったの。

「それってどれ？」

「どれでもいい、マイルド・セブンでもキャビン・マイルドでもラーク・マイルドでもハイライト・マイルドでも。まったく、どこ行ってもマイルドしか置いてないんだ。どいつもこいつもマイルドマイルド。きっとこのビールもキリン・マイルドだろ」

「これは普通のキリンですけど」

「じゃあオン・ザ・ロックにしてくれ、マイルドにして飲むから」

「………」

「冗談だよ、恐い顔してにらむなよ、タバコはバージニア・スリム・ライト・マイルドでいい」

「そんなの置いてません」

「ママに訊かなくてわかるの？」

「ママ、バージニア・スリム・ライト・マイルドってタバコ置いてますか、置いてませんよね？」

女の子がむきになって大声で訊《たず》ねるんだけど、あたしなんだか妙におかしくて答えられなかった。あのひとの冗談は、はたで聞いてるぶんにはときどき笑えるの。

あたしが笑ったのがよほど嬉《うれ》しかったのかしら、あのひと翌日もまたやってきて、女の子相手に受けない冗談を言ってあたしを笑わせて、いま思えばそれで味をしめたって感じ、一日おきくらいに通ってくるようになって。でも相手をするのはいつも最初についた女の子で、あたしはやっぱり挨拶だけ、たまに一杯もらうくらい。ただ、女の子が陰で、「あ、また来た」なんて嫌《いや》がってるのを聞いて面白がってた。

それである日あのひとが閉店まぎわに現われて、ウィスキーのオン・ザ・ロックを飲みながら一時間近くねばったあげくに、食事に誘ったの。女の子をね。あとになってあのひと、もともとあたしを誘うつもりだったたって言ったけど。ほんとかどうかわからない。

今夜は約束があるからだめ、みたいなことで女の子がやんわり断ってるのに、

「じゃあもう一杯飲もう。もう一時間ねばろう」

ってあのひとしつこくて、しまいにね、

「ぼくは閉店ぎわの魔術師と呼ばれてるんだ」

なんて言い出したの。

「なんなのそれ。言ってることの意味がわかんないのよ」

「そうか?」

「そうよ。いつもよ」

「あのね、ぼくのねばり腰に音をあげて食事につきあった女が何人もいるということ」

「ばかじゃないの」

「あんまり邪険にするとぼくの立つ瀬がなくなるからな、代りにママを誘わなきゃならなくなる。そうなっても後悔しないか?」

「誘えるなら誘いなさいよ」

「じゃあそうしよう」

「いいわ。行きます」

訊かれる先に、あたし答えてしまったの。別に用事もなかったし、おなかがすいてたこともあるし、でもほんとは、ちょうどその頃《ころ》すったもんだのあげくに別れたばかりで、飽き飽きしてたのね。男の……何て言えばいいかしら、男らしさ？　激しさとか力強さとか決断とか、そういったこと。だから、あのひとの茫洋《ぼうよう》とした、曖昧なところが良かったの。最初から魅力を感じてたんだと思う。

それがきっかけでときどき御飯を一緒に食べるようになって、結局。一年。一年も続くなんて思わなかった。いつだったか、まじめな顔してるあのひとが打ち明けたのね。もともとあたしの噂《うわさ》を聞いてあたしに会うためにお店を覗《のぞ》いたんだって。一から十まで計算ずくだったんだって。でもあたしには半分くらいしか信じられない。どこまでが本当でどこからが冗談か、やっぱり最後までわからない。

あのひとが競輪の話をするのを聞いたことある？　神様になるために競輪をするんだっていう話。

あのね、神様といっても大層な話じゃないのよ。まじめな顔で喋るんだけど、聞いてみると簡単なことなの。競輪て、九人の選手が自転車に乗って走るレースでしょう。その九人のうち誰と誰が、一番と二番でゴール・インするか当てるんでしょう。それでね、当ったとき、あのひとが予想した通りの二人がゴール・インしたとき、一瞬だけど、錯覚がおきるんですって。

九人の選手がどういう順番に並んでどういう走り方をしてどういう決着がついたか、それをあのひとが予想して当てたんじゃなくて、逆に、あのひとが頭の中に描いた通りに選手のほうが走ってくれたような。あのひとじしんが九人の選手を思いのままに操ったような。結果はあらかじめあのひとが考えたとき、すでに決っていて、レースを作ったのは選手たちではなく自分なんだというふうにね、一瞬、頭の中で意識が逆転して、それがたまらないと言ってた。競輪のいちばんの魅力だって。一瞬だけど、世界が思うままに自分に従ったような、だから神様みたいな気分になれるんだって。

そう言って、土曜と日曜と月曜の三日間はいつも朝から競輪へ出かけるの。仕事のあるときだけあのひとが自分のアパートへ帰って、普段はあたしの部屋で同棲《どうせい》みたいな生活だったから、競輪へ行くときはあたしのアパートからね。朝の十時に一人で起きて出かけて、夕方の五時ごろ戻ってくる。

　でもなかなか神様にはなれないのよ。たいてい負けて帰ってきて、疲れた顔で、悪いけど少し用立ててくれないか、このつぎ銀行に振込みがあったとき必ず返すからって、あたしに頼むの。それであくる日も同じことの繰り返しでしょう。

「懲《こ》りないのねえ」

　ってあたしが呆《あき》れたら、

「うん」

　って、そんなときだけは弱々しく笑って、冗談の一つも出ないかと思ってると、

「見本だからね、ぼく、ギャンブルと女に片足ずつ突っ込んでる男の。どっちが底なしか、観察してるとあとでためになると思うよ」

　みたいな下らないこと言って、でもお金はほんとに、あとできちんと返してくれた。あのひと、稼いだお金のほとんどを競輪に使ってるのね。それでどうして食べていけるかというと、借金で間をつないでるの。税金だって滞ってるし、親からも友だちからも借りられるだけ借りて、それを仕事で稼いだお金でじゃなくて、競輪で神様になったときに返すの。

ほんのときたまだけど、あたしが知ってるうちでは一度だけ、あのひと、月に三百万くらい競輪で儲《もう》けたことがあって、そのときは借金もあらかた返せたみたいだし、あたしにもいろんなもの買ってくれて、でも、いま憶《おぼ》えてるのは電気カーペットだけ。あたしの冷え症を大げさなくらい気にしてたから、あたし以上に。まだ夏の終りで蝉《せみ》だって鳴いてるのに電器屋に届けさせて、一ケ月も二ケ月も寝室の隅に包装したまま置いてたのを憶えてる。

そしてその電気カーペットを使う季節にはもう、あのひとはあたしの部屋には泊らなくなってた。ちょうど仕事が忙しい時期に重なってね。あたしと知り合ってから遊び呆《ほう》けたツケがまわってきたんだなんて言ってた。競輪には行ってたかもしれないけど、夜は自分のアパートにこもりっきりみたいで、お店にはぱったり顔をみせなくなって、だいたいが競輪で勝ったときにまとめてぱっと飲むたちの人だから、それはそれで気にもならないんだけど、でも部屋に一人でいるのかやっぱり心配でしょう。なにしろ電話に出ない人だから。出たら出たであれだもの。連絡がついても短すぎるし気になってしょうがないの。

ある日、お弁当の差し入れを持っていきなりアパートを訪ねたら、あのひと無《ぶ》精《しょう》髭《ひげ》はやして、髪の毛はもしゃもしゃでパジャマのまま出てきて、ほんとに仕事をしてたのね。それは一眼でわかった。でも機嫌が悪いの。すごく悪くて、ろくすっぽ口もきいてくれないし、お弁当だっていま食欲がないからって食べてくれない。流しにたまった食器をあたしが洗って、コーヒーを沸かして二人でコタツをはさんで向い合って飲んだんだけど、なんだか初めて会う人みたいで緊張しちゃった。

「お仕事のときはいつもパジャマなの？」

「ネクタイしめて小説を書いてるとでも思ったのかい」

「…………」

「せっかくだけど、いまほんとに食欲がないから、あとで食べる」

「いいのよ。電話もしないで来るほうが悪いんだから」

「電話をしても来られちゃ困るんだ、仕事場には」

「それ、どういう意味？　あたしじゃ何の役にも立たない？」

「秘書の女の子がいたら気をまわすだろ」

「秘書……？」

「冗談だよ。秘書がいたら髭ぐらいあたらせる」

そんなふうな会話になるの、ぎこちなくて、とても半年以上つきあってる二人には思えないでしょう。あたしコーヒーをいくらも飲まずに立ち上がったけど、止めてもくれなかった。

それからも何週間か会えなくて、その間に電話で喋ったのは一度か二度くらい。そういう人なのね。自分が一人でいられるときは、あたしが一人で何をしてようと無関心でいられる。そんなふうだからもう先は見えてるでしょう。あのひとの浮気を心配してたあたしのほうが、他の男の人とそうなってしまったの。

年が明けて、去年のお正月、やっと仕事が片づいたってあのひとから電話があった。お店は三日から開けてたからたぶんその晩だったと思う。すっかりいつものあのひとに戻ってて、受けない冗談言いながらお酒を飲んで、それから二人であたしのアパートに帰ったの。

寝るときになってね、あのひととても機嫌のいい酔い方だったから、良すぎて口をすべらせたという感じで、あたしがいつも使ってる電気あんかのスイッチを入れてくれながら、こんなことを言った。

「この電気あんかで小説が一つ書ける。小道具に使える。でもそれはきみと別れたあとの話だ。別れたあとで記念に一つ書くよ」

言い方がなんだか卑しい気がして、別れるなんて言葉があのひとの口から出たことにもついカッとして、

「書きなさいよ、いますぐに書いてもいいのよ」

あたし思わず大声になった。あのひとはとつぜん何が起ったのかわからないみたいな顔つきで、

「えっ？」

って眉《まゆ》をひそめて、それがいつになく間の抜けた鈍い男に見えて、焦《じ》れったくなって続けた。

「いったいどれくらい会わなかったと思ってるの？　一ケ月以上よ。最後に顔を見たのは去年なのよ。あたしたち別れてたも同然じゃないの」

「それは、もうこのまま別れてもいいと言ってるのと同じことだね」

「そう取るんなら取りなさいよ」

「なるほど」

って呟《つぶや》いて、あのひと短い息を吐いた。察しが早いの。

「そういうことか。年の暮は女ひとりじゃ寂しいからな」

「きいたふうなこと言わないで」

「でもそれが事実なんだろ？」

「……………」

「どうして電話のときに言ってくれなかったんだ」

「可哀相《かわいそう》だと思ったのよ」

「可哀相だから、もう一回だけ寝てあげようと思ったのか。別れ話は電気あんかが暖まったあとで切り出すつもりだったんだな？」

あたし手を上げたけど、あのひと軽く身をかわして、寝室を出ていった。しばらくして居間を覗いたら、コタツに入ってもう落ち着いた感じでタバコなんか喫《の》んでるの。向い合ってすわると、あのひとが、着替えて帰るまえに少し話を聞かせてくれないかと言った。小説の材料にするから。

「どんな男だ？」

「……………」

「書きなさいとさっき言ったのはきみだよ」

「大金持よ。この街の人じゃなくて、博多にビルを三つも四つも持ってる」

「常連の客に連れられてきて、一眼でママを気に入って、そのあと一人で通ってくるようになった。博多から週に二回、車を飛ばしてやってくる。車はベンツ？」

悔しくてしょうがないけど、その通りなのね。

「とうぜん女房も子供もいるんだろう。子供は上が女で県庁の役人に嫁いでる。下の息子はまだ大学生だ。東京の二流の私立。きみが博多へ遊びにいったときはホテルのスウイートを取ってくれて、翌朝は天神《てんじん》へ買物だね。金にあかせて欲しい物を買ってくれる。それほど欲しくない物でも買ってくれる。色黒の脂ぎった男だ。紙をくしゃくしゃまるめるような嗄《しやが》れ声で喋る。吐く息がニンニク臭い。好物は焼肉。酒の味にはこだわらない。こだわらないがいちばん高い酒を飲む。金さえ出せば何だってできると思ってる。実際、何だってできる。当ってるだろう。当ってても、こんな小説を書けば読者に匙《さじ》を投げられるんだ」

あたしは答えずにただあのひとを見ていた。あのひとの口調には感情がこもらず淡々としていたし、顔つきも無表情に近くて、つまりお得意のお喋りというわけなの。こんなときにまで。あたしが何も言わないものだから、あのひと灰皿にタバコを消して、それでも間がもてなくて、また口を開いた。

「ぼくのことは気にしなくていい。きみがいなくても、競輪があるからだいじょうぶ。それに小説書きの仕事だってあるし、この街にはきれいな女はきみ以外にも大勢いる」

「……………」

「せいぜいその博多の熊からしぼり取るんだな」

「熊？」

とあたしは訊き返さずにいられなかった。

「何のこと？」

「比喩《ひゆ》だよ、男の体格とか顔つきとか」

「誰がそんなこと言った？」

「じゃあ馬か？」

「冗談やめて。こんなときくらい本音で喋ったらどうなの？」

「さっきから本音で喋ってるよ」

「嘘《うそ》。これが別れ話なの？　一年近くもつきあってて、これが」

「取り乱すのはみっともないよ、こんな夜中に、正月だぜ」

「正月がなによ、あなたも男なら、もっと別れ話らしいきちんとした態度を取りなさいよ」

「どう」

「悔しくないの？　他の男に乗り換えられて何も感じない？　怒ったり大声でわめいたり、殴ったり蹴《け》ったり、もっとすったもんだするのが別れ話でしょう」

「そういうのは想像力のない人間がやることだ」

「嘘よ。あなたはただ取り乱すのが恐いんでしょう。要するに臆病《おくびょう》なのよ。何が競輪と女に片足ずつ突っ込んでるよ、いっぱしの遊び人みたいなこと言って、あなたはね、競輪にも女にものめりこめない、何にものめりこめない臆病な男よ」

「のめりこんでるって仲間内じゃ評判なんだけどね」

「女と別れ話ひとつまともにできないじゃない。借金があるといっても、親や親友やみんないざとなればしょうがないって笑って許してくれそうな人ばかりじゃない、それだってきちんきちんと返すから勘当もされないし仲間はずれにもされない、そういう計算なんでしょう、小心者の計算よ。あたしに飽きたとも言えないし、別れないでくれとも頼めない、だから冗談でまぎらわすの」

喋ってるうちに少し馬鹿馬鹿しくなってきた。だって、あのひとどういうつもりかニヤニヤ笑いながら聞いてるの。でもあたしの感情はなかなかおさまらないから、続けて、

「気づいてないかもしれないけど、ふだんあなたが喋ってることは曖昧でどっちつかずで、聞いてるほうにしたら判断に迷うことばかり、どっちにでも取れるというのは何も喋ってないと同じなのよ。あなたと一緒にいると何もかもぼんやり霞《かす》んでわけがわからなくなる。何が本当かわからないからときどき心細くなるの」

そう言ってやったら、あのひと急に笑うのをやめて、

「なるほどね」

ってまたうなずいてみせた。

「そうかもしれない。うまいことを言うんだな。別れたあとできみのほうがぼくをモデルに小説を書けるかもしれない」

「冗談のつもり？　それのどこがおかしいの？」

「別に笑わなくてもいいよ」

「ほんとにこれで、あたしたちおしまいなの？」

「神様じゃないからね。相手の男を落車させるわけにもいかないだろ」

「あなたなんか、一生そうやってうけない冗談ばかり言って生きていけばいいわ、一人きりで」

「うん、たぶん。ぼくは年とっても原稿用紙と予想紙さえあればなんとかやっていけそうな気がする、一人きりでも」

「そんな人の書く小説なんて誰も読まないわよ」

でも、それにはもう冗談も返さずにあのひと黙って立ち上がると、着替えるために寝室へ戻っていったの。それっきりね。さよならも言わずに出ていって、それっきり。


やっぱりあのひとここへは来ないでしょう。電話もかからないみたい。せっかく今夜は人参倶楽部で一緒に飲もうと思ったのに。

あした博多に発《た》つの。博多の熊がね、中洲《なかす》の真ん中に店を持たせてくれるというから、あたし賭《か》けてみることにしたの。ほんと言うと、ずいぶん前に奥さん亡くなってて、あたしのこと再婚相手に考えてくれてるんだけど、でもあたし、まだこの商売に未練あるし。どうせ片足突っ込んでるんだから、もう一旗あげてみたいじゃない？　結婚は考えてない。子供なんかいなくても、あのひとじゃないけど、年とってもなんとか一人でやってけそうな気がする。それは、好きな人と一緒ならこしたことはないけど。あのね、博多の熊って、ほんとに熊さんみたいな人なのよ。笑っちゃうでしょう。あのひとがそう言ったとき、笑ってあげればよかった。体格が良くて、毛深くて、力持ちで、一緒にいると優しくて頼りがいがあるの。男の中の男という感じ。あのひととまるで逆。マスターも、どちらかと言えばあのひとに似てるわね。自分でそう思わない？　あたしそんな気がするの。マスターがもう少しはめをはずせばあのひとになる。あのひとがもう少し大人《おとな》になって、結婚でもできればマスターになる。違う？

ねえ。

あのひと、マスターとあたしとのこと知ってたんじゃないかしら。きっとそう。あたしの子供の頃の話とか、東京にいた頃の話とか、はんぶんは小説の材料欲しさだと思うけど、何でも聞きだしては冗談の種にするくせに、あたしがこの街に来てからのことにはほとんど触れなかった。

焼餅《やきもち》やくのが嫌なんだとそのときは思ってたのに、いまなんだかそうじゃないような気がしたの。知ってたのよね、あのひと。あたしがこの街でどんなことをしてたのか。

あのひとに会うまえどんな女だったか。考えすぎ？　知ってたら、最後の最後にほんとに嫌な女だと思ったでしょう。この店に呼び出したって来るわけないのにね。でも、もうそんなことどうでもいい。

あたし正直言って、いままでいろんな人とくっついたり別れたり繰り返してきたけど、そしてそのたびに泣いたりわめいたり大変だったけど、あのひととマスターのときだけは別。ぐいぐい引っ張られたおぼえもなくて、いつのまにか自然につきあいが始まって、それからまた何があったというわけでもなく気づいたら離れてしまってた。あたしのほうはそんな感じ。身体にも心にも傷が残らない。何も残らない。

あのひとの場合は特にそうなの。ほんとに変な人だと思う。ただね、今日でこの街を出ていくと考えたら、あたしも変なんだけど、そのとたんになんだかいちばんあのひとに会いたかったの。会ってどうするというんじゃなくて、話したいことも別にないんだけど、もう一度あのひとの冗談が聞けたらいいと思ったの。最後にそれも悪くないなって。ただそれだけ。

来ないんじゃしょうがないわね。電話でもかかってくれば、きっとまた受けない冗談が聞けるのに。わかるでしょう？　そういう人だから。いつだって。

一度だけね、別れてから一度だけ、電話をかけたらたまたまあのひとの機嫌のいいときで、少し喋ったの。ところがあたしが何を言っても案の定、まともな返事は返ってこなくて、憎まれ口みたいなことばっかり言うから、あたしも久しぶりなのにムスッとして黙り込んだら、

「冗談だよ。笑えよ」

なんて、あいかわらずなの。

「いまののどこが冗談なの？　笑えるわけないじゃないの」

「博多の熊に試してみろよ、笑うかもしれないぜ」

「あなたの冗談なんか誰が笑うもんですか、よくそれで小説が書けるわね、呆れるわよ」

「書けるさ。ただ読者に人気がないだけだ」

「悲しくないの？」

「何が」

「そんな小説を書くことがよ。あなたの小説、そのうち誰も読まなくなるわよ」

「そんなことはない、一部の女性に根強い人気がある」

「誰のこと？　あたしは死んでも読まないからね」

「人参倶楽部のマスターの奥さんはかかさず読んでくれてる」

マスター、まえにそんなこと喋ったでしょう。

ね？　誰がどんな気持で何を言ってもあのひとには同じことね。大事に頭の中にしまってはいるけど、いつか必ず冗談の種に使ってしまう。どんなに深刻な話しても冗談で煙《けむ》にまいてしまう。相手も、まわりの人間も、そして自分自身までも。そういう人なの、あのひとは。

眠る女

その男は日曜を除いてほとんど毎晩、同じ時刻に私の店に現われる。

午前二時。それよりほんの少し早めになることはあっても、決して遅れることはない。酒場にはかならず何人か時計代りになる常連客が付いているものだ。もっとも、彼らのすべてが店にとって有難い客とは限らないけれど。

二時に扉の鐘が鳴って、振り向くと、入口に立っているのは十中八九その男である。小柄な男だ。痩《や》せていて、撫《な》で肩で、頰《ほお》がくぼみ、顎《あご》の先が滴《したた》る前のしずくのような形で突きだしている。有難い客というのは、入口に立ったとき私の気持をなごませてくれる。張りつめた糸をふっとゆるめてくれる。しかし、その男の場合はまったく逆なのだ。鐘が鳴り、扉が開き、おなじみになった無精髭《ぶしょうひげ》の濃い男の顔を認めるとき、私は心ならずも緊張せざるを得ない。いらっしゃいませという決り文句さえ、自分の声が自分の声でないように聞こえることがある。

男は私の挨拶《あいさつ》に無言の笑顔で答え、いちばん奥まで歩いてテレビゲームの機械の前に一人ですわる。

私はカウンターを出て、お冷やのグラスと、おしぼりと、百円玉を十枚運んでやる。

注文は聞かなくてもコーヒーとわかっている。

男は挿入孔に百円玉をぜんぶ辷《すべ》り込ませ、ブロックくずしを始める。あとはうつむいたままだ。私はコーヒーをゲームの画面に重ならぬように端へ置き、カウンターへ戻りながらほっと小さなためいきをつく。肩の荷をおろしたような気分で大きなためいきを洩《も》らすのは、二時間か三時間たって男の後姿が店の外へ消えたあとのことになる。

男がちょうど千円ぶん遊んだころ、店に女の声で電話がかかってくる。余計なことは喋《しゃべ》らずにただ一言、

「来てる？」

と私に訊《たず》ねる。

「一時間くらい前から」

「お客さんと一緒なの」

「代ろうか？」

「そう言っといて」

コードレス電話のスイッチを切ってから振り向くと、男が顔を上げて私を視《み》つめている。他の客のてまえがあるので私はまたカウンターを出てテレビゲームのそばまで歩か

なければならない。私を見上げる男の眼は細い。一重のまぶたが、眼尻《めじり》の方へ下がり気味にまっすぐな線で切れこんでいる。

「ゆかり？」

「お客さんと一緒だそうです」

「……うん」

「コインは？」

「十枚頼む」

やがて、ゆかりが連れを伴って現われ、カウンター席に並んですわる。男はうつむいたまま新種のブロックくずしを続けている。もし眼を上げたとしても、男の位置からは二人の背中しか見えない。

私はカウンターをはさんで二人の前に立つ。

ゆかりの顔は二十二歳という年のわりには大人《おとな》びている。彼女が十八の年から見ているけれども、四年前もいまもその顔にはほとんど変化がない。おそらく、実際の年齢が念入りに化粧をほどこした男好きのする顔だちに追いつくまで、彼女は一歳だって老《ふ》けることがないだろう。

ゆかりの連れは若い男である。彼女が勤めるスナック・バーの客にしては若すぎる。二十歳前後だろうか。陽気で、声が大きくて、飲みっぷりもいい。私にしてみればこの手の客は（とくに店が暇な夜は）、そこにいるだけで場を盛りあげてくれるし、あまり気をつかって相手をしなくてもいいので助かる。

ゆかりは山菜入りの雑炊《ぞうすい》を頼み、若い男はビールをぐいぐい飲む。二人の話から察すると、ゆかりの店がはねたあと大勢で踊りに出かけ、それから仲間と別れてここへ立ち寄った様子である。彼女は楽しそうだ。若い男の冗談は私には面白くもないけれど、少なくとも二十二歳の女を喜ばせることはできる。

ゆかりは笑いころげたあとで「雑炊が食べられないじゃない」、ときおり鉤型《かぎがた》に曲げた人差指の、関節のあたりを眼頭《めがしら》に押しあてている。美しいアーモンドの形をした彼女の眼は、笑うとすぐに涙でうるむのである。濡れた指をおしぼりで拭《ぬぐ》い、しゃっくりでもするような感じで顎を上下させ、かるく鼻をすすりあげる。若い男は片手をゆかりの椅子《いす》の背へまわし、その様子を眺めている。

「もっと泣きたいか？」

ゆかりの手が若い男の太腿《ふともも》をたたく。私はついテレビゲームの方へ眼を向けてしまう。

男はうつむいたままだ。

しばらくして、ゆかりが顔の前で両手を合せ「ごちそうさま」、いつものように雑炊を三分の一ほど食べ残す。若い男はビールを飲みほし、間を置かずに私に勘定を言いつける。

「行こうか」

と女をうながす声はいままでとうってかわって低い。

ゆかりが小さくうなずいて立ち上がる。二人が出ていくと、カウンターの客はすべて引きあげたあとなので、私とテレビゲームに熱中している男だけが取り残される。私はカウンターの上を片付け、カセットテープの曲を竹内まりやからサイモン＆ガーファンクルに変え、丸椅子に腰かけてもういちどそっとためいきをつく。

文庫本の司馬遼太郎を二十頁くらい読んだとき、ゆかりが一人で戻ってくる。さっきと同じ場所に腰かけ、ハンドバッグをカウンターの上に載せ、その上に両手をその上に顎をあずける。眠たそうな眼で、水をくれと言う。

どうやら若い男はもう一押し足りなかったようである。あれだけ彼女を笑わせることができれば、ベッドに誘うことも簡単なはずなのに。ただ、私にいわせれば、自分のホーム・グラウンドではないこの店へゆかりを連れてきたことが、あるいはゆかりに引っぱられてきたことが、今夜の彼の失敗ではあるのだが。

私はお冷やのグラスを二つ用意して待つ。ゲーム機を離れた男がやってきてゆかりの隣に腰かける。あの若いのが客か、と呟《つぶや》くように訊ねる。

「そうよ」

「幾つだ？」

「21」

「何してる」

「パチンコ屋の息子なの」

「ホテルに誘ってくれなかったのか？」

「きょうまで生理だって言ったら、じゃあいいって」

「…………」

「あしたまたお店に来るからって」

私はこの会話を笑いとばしたいと思う。何度もそう思うのだが声にならない。男の顔も、ゆかりの口調も、冗談とも真剣ともつかずごく自然なのである。

「生理でもかまわないんだろ」

「そんなこと言えないもの」

「好きなのか」

「可愛《かわい》いから……」

「泊れないって言えるな？　おれが待ってるからって」

「……わかんない」

ゆかりはグラスの水を一息に飲むと、立ち上がって出口へ急ぐ。男は千円札を三枚カウンターに置き、釣銭を受けとるのも忘れて後を追う。

扉が閉り、鐘の音が静まり、私はカウンターの内側で大きなためいきをついて丸椅子に腰を落す。煙草《たばこ》を点《つ》け、深く喫《す》い、今夜は早じまいしようかと思う。

ゆかりは十八歳の年に勤め先のママに連れられて初めて私の店の客になり、それ以来ずっと通いつづけてくれている。

ただし、その間には何度かふっつり顔を見せなくなる時期がはさまっているのだが、そういうときでも彼女の噂《うわさ》だけはしきりと私の耳に入ってきた。

四年の間にゆかりは四軒の酒場を移り歩いた。最初の店を一年たらずでやめたのは、彼女がとうじ同棲《どうせい》していた相手の嫉妬《しっと》のせいだそうである。出勤のときに送ってくるのはまだいい。店が終るころ迎えに現われるのも、毎日というのは困るけれどもまあ我慢しないでもない。しかし、仕事の途中で店にしょっちゅう電話がかかり、それが決って二十分三十分の長話だ。長話といっても、ゆかりの方は受話器を耳にあてて黙っている時間が多いので、要するに相手が切らせてくれないのである。

電話でおさまらないときには外へ呼び出す。店の近くまで彼が来てるからと言って出ていったゆかりはまた二十分三十分と戻ってこない。彼女をめあてに通っている客たちはすっかりしらけてしまう。他の女の子たちの不満はつのる。とても商売にならない。と、そんなふうにママはゆかりを解雇したいきさつについて私にこぼした。あんなチンピラさえ付いていなければね、他の女の子はやめさせてでもゆかりを置いといた方が店のためにはなるんだけど。

(どんな男ですか)

(30過ぎても賭《か》け事するしか能のない男よ)

(ママの店で知り合ったんでしょう?)

（水商売の女に惚《ほ》れても、水商売の女を信用できない男はいくらでもいるじゃないの。よくある話よ。自分が客で通って口説《くど》いたものだから、ゆかりが相手をする客みんなにやきもちをやくのね。そのくせ水商売をやめさせて自分が食べさせるだけの甲斐性《かいしょう》もない）

（経験ありますよ。気持はわかるな）

（いさむの場合は、女に惚れても奥さんを捨てる勇気がないんでしょ？）

（そんなとこです。女を囲う甲斐性もない）

二軒めの店に移ってまもなく、ゆかりは一方的に同棲を解消した。というよりも、この街からいきなり姿をくらましたのである。

東京から帰省していた大学生と互いに一目惚れの恋に落ち、冬休みが終っても離れられなくなったのだという噂が立った。諦《あきら》め切れぬ男と、大学生の両親が、あとを追って上京したという話も伝わってきた。東京でどんな話し合いがもたれたのかは誰も知らない。しかし、数週間ぶりでゆかりが戻ってきたときには、どちらの男ともすっかり切れた様子だった。

二軒めのママはゆかりをふたたび迎え入れた。男出入りや職場放棄には眼をつぶっても、ゆかりを店に置く方が結局は得になるとそろばんを弾《はじ》いたのだろう。事実、そのママに言わせればゆかりには、初めての客をすぐ次の夜にも通ってこさせるだけの魅力が備わっていた。男たちはかならず彼女の容貌《ようぼう》に眼をみはり、その大人っぽさと甘ったるい口調の喋り方との対照に心をくすぐられ、まるで初恋の少年のようなせつなさを味わいながら水割のグラスを重ねることになる。ゆかりの周りには常に彼女をちやほやする男たちが群がっている。ゆかりはその中から自分が気に入った一人を選んで、店が終ったあとの寂しさや退屈さをまぎらわせることができる。

二軒めの店で働いていた一年半ほどの間に、ゆかりは誰とでも簡単に寝る女だと評判になった。彼女と顔見知りの、同年配の、やはりホステスをしている女の子たちがそのことを私に教えてくれた。

(もうどうしようもないわよ、あのこ)

(ママが言うには、寂しがり屋なんだそうだ)

(でも、寂しいからっていろんな男と寝られる？　あたしだって恋人いないし寂しいのはおんなしよ)

(店が終ってから食事をつきあってるだけじゃないのか)

（またまた、いさむちゃんはゆかりのファンなんだから、そういうことといって。あのね、お店が終って他のスナックやお鮨屋《すしや》さんで会ったりするでしょ？　いつも違う男のひとと一緒なのよ。そこにまた別口から電話がかかってきて揉《も》めたりするの）

（へえ……）

（こないだの晩なんか、みんなの見てる前で、おまえは誰とでも寝るのかってお客さんになじられたのよ、ほんとよ。ねえ？　みちこも見たよね？）

次の店へ、ゆかりは引き抜かれるかたちで勤めを変えた。医者や市会議員や商店主といったところが主な客層の、いくらか値のはる酒場である。

噂によると、この三軒めのママは、ゆかりの評判を承知で欲しがったのだそうだ。前の店の日給に二千円の上のせをするという条件だったらしい。

（日に二千円だと、ひとつきで五万円くらいか）

（そんなのめじゃないわよ）

（……？）

（ひとつき五十万で愛人にならないかっていう客が何人もいるそうだから。もちろんマンションは別よ。客が競争で通ってくるように、あのママはゆかりを引き抜いたんだっ

て）

（誰から聞いた）

（あたしを妹みたいに可愛がってくれてるひとの親友の彼がホスト・クラブに勤めてて、まさみ君ていうんだけど、その友だちのひろき君にあそこのママが入れあげてるの）

しかしママの目論見《もくろみ》はどうやら頓挫《とんざ》したようである。私の耳には、ゆかりが医者や市会議員の愛人になったという噂は届かなかった。代りに聞かされるのは、あいかわらずゆかりの気まぐれに泣かされたという男の話、ないしはゆかりと寝たことをどこそこで自慢していたという男の話だった。噂を仕入れてくる女の子たちは、いつも泣きをみた男に対して同情的に語った。そして関係を持った相手の口からあのときの声や癖を酒場で喧伝されているゆかりに対しては、自業自得だと冷たい見方を取った。

三軒めの店も、ゆかりは一年ともたずにやめることになった。これだけは本人から聞いた話だが、くびになったのである。二人の常連客の仲たがいが原因だった。どちらも店の顔みたいに大切な客なので一方の肩を持つわけにもいかず、困りはてたママは面倒のもとであるゆかりを切る決心をしたのだ。

ゆかりが言うには、二人のうちのいずれともただ二三度食事をつきあっただけで深い関係ではなかった。産婦人科と小児科の医者は、彼女のために自分たちで勝手に見つけてきて引っ越しの段取りまで決めた2LDKの賃貸マンションの、敷金や権利金や前家賃をどちらがどれだけ持ってやるかという問題を論じているうちに、何となく気まずくなってしまったのだそうだ。結局ゆかりは店をやめさせられたうえに、すでに前の部屋は引き払わざるを得ない状況になっていたので、自分で不動産屋へ行って新しい部屋を探さなければならなかった。

そんな話を私の店のカウンターで聞いたのは去年の秋のことだ。

その日、午前五時の看板まぎわになって、ゆかりは一人で現われた。勤め先の店の客を誘って二人で、あるいは三人四人でというのなら珍しくもないが、一人きりの彼女がカウンター席にすわるのを見るのはそのときが初めてだったような気がする。他に二組残っていた客が帰ってしまうまで、彼女はジン・トニックをちびちび舐《な》めていた。私が看板の灯《あか》りを消し、後片付けをはじめても腰をあげる様子はなかった。当然だが、ゆかりと二人きりで話すのも、彼女が自分じしんのことについて語るのを聞くのもそのときが最初だった。

私たちはカウンターをはさんで向い合っていた。ゆかりはジン・トニックのグラスをいじりながら、訊《き》かれもしないのに店をくびになった話を始めた。四軒めの勤め先を見つけるのは、貯金の残高が許すかぎり後へのばすつもりだとも言った。

私は彼女が口にした貯金という言葉を心のなかでおかしがった。実際に微笑を浮べていたのかもしれない。私の顔を見上げて、ゆかりは舌の先をちらりとのぞかせた。それからマイルド・セブンを一本とりだして口にくわえる。私は彼女の百円ライターを取りあげて点《つ》けてやった。

(いさむちゃん、ひろき君を出入り禁止にしたってほんと？)

私は自分の煙草に火を点けながら答えた。

(自分でそう言ってるだけだよ。大げさなんだ)

(ひろき君が飲んでたビールを顔にかけたんだって)

(憶えてない)

(あたしは何を言われてもべつにかまわないの。だって、ほんとのことだから。彼をこの店に連れてきたのもあたしだし……わかってたでしょ？)

(楽しそうだった。誰と一緒のときでも楽しそうにしてるけどね)

(あのね、さっきは隠してたけど、お店をくびになったのはひろき君のこともあるの。

彼はあのママのお気に入りだったのに、あたしが途中からわりこんで……)

(好きになったのならしようがないさ)

(……ほんとに?)

(好きだったんだろ?)

(一ケ月くらい夢中だったの)

(先に冷《さ》めたからって責められないよ)

(いつもあたしの方が先なの)

(困ったもんだな。それで寂しがり屋だっていうんだから)

(ねえ、あたしの部屋に遊びに来てくれる?)

その後、二週間ほどゆかりは私の店に一人で通いつめ、またふっつりと姿を見せなくなった。冬に入り、四軒めの勤め口を見つけたという話が伝わり、ゆかりと寝たという新しい男が名のりをあげ、それから、どうやら昔の男と縒《よ》りを戻したらしいという噂が広がった。例の嫉妬深い三十過ぎのチンピラである。

年が明けて、ゆかりがふたたび店の客を伴って通って来るようになったのは、四週間くらい前からだ。店がはねたあと客に誘われてどこへ寄ったとしても、最後には私の店で食事をして帰るのが近ごろの彼女の習慣になっている。と同時に、まいにち午前二時に百円玉を用意して小柄な男を待つのが私の習慣になった。

ゆかりが最後の立ち寄り場所として私の店を使いつづけるかぎり、男は午前二時に扉の鐘を鳴らすことをやめないだろう。そして私は、男が看板近くになってゆかりと一緒に帰って行くまで、自分の店のカウンターの内側で居心地の悪い思いを味わいつづけなければならない。噂によると、男はゆかりの2DKのアパートに転がりこんで暮しているそうである。彼女が寝室に使っている六畳間にはシングル・ベッドが据えてある。しかし枕《まくら》は細長い二人用だ。赤い地のカバーには白雪姫と小人の漫画が描かれている。私は去年の秋、何度かその枕で仮眠をとったおぼえがある。

翌日の午前二時に、やはりその男は現われた。

あいにくテレビゲームは他の客でふさがっていた。男はカウンターの端の椅子に腰かけ、いつものようにコーヒーを飲み煙草をふかしながらゲーム台が空《あ》くのを待った。

私としては、なるべくなら無口で陰気な男にはカウンター席について欲しくない。そういう男が一人めだつだけで店の雰囲気が湿っぽくなってしまう。私はその男に気をつかい、残りの客たちにも余計に気をつかわなければならない。テレビゲームは三時になって空きができた。男は百円玉を十枚握って奥へ移った。ようやく私は、男のほとんど三角に近い形をした細い眼に、氷を割る手もとや、炒《いた》めものをする背中を視《み》つめられる苦痛からのがれることができた。

しかし三時半になってもゆかりからの連絡はない。私はいつにもまして居心地が悪かった。呼び出し音が鳴るたびに、そしてそれがゆかりからの電話ではないとわかるたびに、まるで他人事《ひとごと》ではなく気を揉んでいる自分に気がついていた。パチンコ屋の息子は今夜は別の店へゆかりを連れて行くことができたのだろうか。ゆうべの約束通りホテルで、ベッドの上で、いまごろ彼女を笑わせ楽しませているだろうか。男はいつもと変った様子もなく、テレビゲームに顔を伏せている。

看板の五時になった。客はすべて引きあげ、私は灯りを落した。カセットテープの音楽が消えると、男が顔をあげて私を視つめた。私はカウンターの端の椅子に脱いでかけてある茶いろのジャケットへ視線をそらした。男が歩いてきてそのジャケットをはおり、椅子を引いて腰をおろした。

「コーヒーをもう一杯」

私は二杯いれることにした。

店のなかは静かすぎたが音楽をかけなおすつもりはなかった。五時を過ぎている。コーヒーを飲み終ったら、私たちはそれぞれが帰るべきところへ別れるのだ。男はブラックでいいと言った。受け皿なしで、私はカップを男の前に置いた。

「何点までいきましたか」

喋っていいことは他に思いつかない。男は答えずに、私の腹のあたりに視線を泳がせて笑みを浮べた。

「もう少しここにいてもいいかな。電話がかかってくるはずなんだ」

「どうぞ」

私はコーヒー・カップを片手に持ったまましゃがみ込んで、カウンターの下の棚に並んでいるカセットテープに眼をやった。男の声が言った。

「電話はかかってこないかもしれない。どう思う？」

あわてて立ち上がったのでコーヒーが少しこぼれた。カップを置き、おしぼりで手とズボンを拭《ぬぐ》う。子供みたいに染みをつくったと、また女房がぶつぶつ言うだろう。男は私の様子をじっと見守っていた。

「どう思う？」

「こないでしょうね」

「マスターはおれより年上かい？」

「幾つですか」

「37」

「二つ下です」

「ゆかりとは15も離れてるんだ。四年前に初めて会った。聞いてる？」

男は人差指と親指とで顎の先をつかみ、笑っている。細い三角の眼がいっそう細くなる。私は咳払《せきばら》いを一つしてから言った。

「噂ですか」

「あのころはもっとでたらめをやってた。一緒に住んでても帰ってこない夜なんてしょっちゅうでさ、いちど相手の男をウィスキーのボトルで殴ったことがあるよ。ゆかりを殴るつもりだったのが、相手がでしゃばったもんだから」

「……頭？」

「まさか、腕の付根のとこ」

「よかった。むかしは飲んでたんですね、コーヒーだけじゃなくて」

「飲むときりがないんだ。そのときゆかりが言ったのを憶えてるよ。おれのことを好きだけど、ときどきもっと好きな男が現われるんだって。それでそいつを好きになってしばらくすると、またもっと好きな男が出てくる。だから……こっちの焼きもちにもきりがない」

「なるほど」

「まるで亭主の浮気の言い訳を聞かされてる女房みたいな気分なんだ。結婚してるんだろ？」

「……ええ」

そこでお互いにコーヒーを一口ずつすすった。男はカップを鷲《わし》づかみにしたまま、次に切りだす台詞《せりふ》を考えている顔つきだった。私は思いきって訊ねてみた。

「今夜は、ほっとくんですか」

男の一重まぶたが片方だけ一瞬ぴくついた。それからコーヒー・カップを放し、両の掌《てのひら》で顔をこすりながら、吐息のまじった声で言った。

「ゆかりが、でたらめでだらしがないっていうのは、嘘だ」

「…………」

「あたしのお父さんはあたしが六つのとき交通事故で死にましたって、芝居の文句みたいだけどほんとの話でさ。兄きが一人いるんだけど東京に就職してて、母親はそっちを頼って出てったから、この街に残ってるのはゆかりだけだ。おれはあいつが毎月、東京のおふくろに小遣いを送ってるのを知ってる。18の年から水商売に入って、母親への仕送りを欠かしたことがないなんて表彰もんだよ」

「…………」

「それがあの顔で、あの喋り方で、おれ以外の男を好きになるのは悪いことなのかって訊ねたら何て答えればいい？　泣きながら訊ねられたら」

「泣くほど悪いことじゃない」

「悪いことなんかじゃないよ」

「でもぼくなら、もし女房がそんなことを言ったら別れてやるでしょうね」

「おれは待つことに決めた。もう二度と別れてやろうなんて思わない」

男はちょうどゆかりと話すときのように、冗談とも真剣とも取りがたい自然な表情で喋った。

「ゆかりが眠ってるときの顔が好きなんだ。昔からあいつはびっくりするくらい寝つきがよくて、ほっとけば夕方までだって眠ってる。おれはときどき、そばで惚れぼれしながら見とれることがあるよ。寝顔が可愛いとか、あどけないとか、そんなんじゃない。あいつが眠ってるときの顔はなんていうか、妙な言い草だけどもっと男っぽいんだ、ふてぶてしい感じがする。堂々と眠ってるよ。おれなんか寝つきが悪くて、神経質で寝返りばかり打って、いつでも苛々《いらいら》のしどおしだ。眠るたびになんだか自分が擦《す》り減ってくみたいだ。ゆかりは反対で、眠って力をためてるんだなと思う。あいつが次から次に男を好きになれるというのは嘘じゃないよ。寝顔を見てるだけで納得させられる。想像できるか？」

私はうなずいた。男は表情を変えなかった。

「おれはずっと目覚めてて、ゆかりがまた疲れて帰ってくるのを、帰ってきてそばで眠るのを待つしか手がない。ここだけの話だけど、いまのおれたちのつながりは事実そうなんだ。15も年下の女に惚れるのはけっこうつらい。つらいからいちど別れたけど、一緒にいられないのはもっとつらいことがわかった。でも、たとえばの話、中学生が赤ん坊に惚れたってどうしようもないだろ？　セックスでつなぎとめるわけにもいかないし、だいいちそういう気持さえわかないんだから。おれにできることはただ眠りたいだけ眠らせてやるだけだな。それで一緒にいられるならそれでいい。おれはゆかりが何人の男と寝ようともうかまわないよ。セックスとか男のやきもちとかは、あいつの寝顔の前では何の意味もない。おれはあいつの母親になってもいいと思う。いつでもベッドを用意して待っててやる。ゆかりと寝たって自慢して歩いてるやつがいるらしいけど、そいつらのこともおれはなんとも思わない。寝たけりゃ寝るがいいさ。でもあいつが眠るときはいつも一人で、誰にも邪魔できないからな。堂々と眠って、そんなくだらない男のことなんか忘れちまうのさ。あなたの顔には見おぼえがあるけどって、きっと笑いとばすぜ」

私には、男に向って返す言葉が何もなかった。男の方でもそれを期待してはいないようだった。しばらく黙ってコーヒーをすすり合っていたが、ゆかりからの電話はやはりかかってはこなかった。

男が一人で帰っていったあと、私はしばし回想にふけった。去年の秋、自分の眼で眺めたことのあるゆかりの寝顔をもういちど思い浮べてみた(男の前では気が引けてできなかったのである)。

堂々とした寝顔と男は言ったけれど、その表現にまちがいはなかった。私はあのとき、自分じしんを頼りなく感じたことを確かに記憶している。女房の眼をかすめ、周囲に気をつかいながら、店の客との情事をくり返している自分がなんだか女々《めめ》しく思えてしようがなかった。私が女と一緒に眠るのはいつも決って浅い眠りなのだ。いやな夢にうなされ、疲労だけがあとに残る。私は男と同じようにゆかりの寝顔に見とれていた。しかし男と同じように見守りつづけようとは思わなかった。私には女房と子供がいて、二人を捨てる勇気がない。他人の眼を気づかいながらの女々しい恋がお似合いだろう。あのときの私はたぶん、十三年下の女の寝顔に挑《いど》まれて怯《ひる》んだのだ。

実をいうと、去年の秋ゆかりが二週間だけ私の店に通い、そのあと姿を見せなくなったのは彼女の都合からではない。先に冷めたのは私の方である。関係が終ってからも、何度か電話がかかってきた。ひとしきり泣いたあとで、あたしのどこが気に入らなかったのかとゆかりが訊ねたことがある。たぶん最後の電話だったろう。しかし私が気に入らなかったのはむしろ私じしんなのだから、どう言葉をつくしても彼女の納得のいく答を与えられるとは思えなかった。その質問は曖昧《あいまい》に逃げたまま、信頼できる男を一人だけでいいから見つけることだなという台詞を、まるきり力のこもらぬ声で呟いたのを憶えている。

夜のうちに

　ごめんね遅くに。さなえちゃんいまの音で起さなかった？……久しぶりねじゃないわよ、はるみ、あんたね、たまには電話くらいしなさい、友だちのくせに冷たいんだから。夜じゃなくても、昼間だってかけられるでしょ。起きてるわよいつも。あのときはたまたま夕方まで寝てたんじゃない、前の日が徹夜だったの、さなえちゃんが生れたときだって、おひる前にはあたし病院に着いてたわよ、忘れたの？　はるみのだんなさまより先に駆けつけたわよ。御祝を持って訪ねたときも一時くらいだったでしょ、ちょっと遅いけどあたしもまだだからって出前の鰻《うなぎ》をとって食べたじゃない。

　そう七月の初め。そう、あれ以来なの、もう四ケ月よ、ほんとに冷たいんだから。うん、お店はお休み、ううん、お店がお休みじゃなくてあたしがお休みしてるの。ちょっとね。でももうだいぶいい。はるみの声聞いたらよくなった。きょうはあれ？　だんなさまは遅いの？

　べつに、どうもしないよ。どうもしないけど……いま何してた？　プロ野球ニュースって、はるみ、いつからそんなもの見るようになったの。なんだそうか、そういうこと、ごちそうさま。ごちそうさまって言ったの、言うでしょ？　こういうとき。どうもしないよ、ほんとに。なんでもないってば。あのね、喋《しゃべ》りながらテレビ見える？

あのね、ただ……、ほら長沢くんて憶《おぼ》えてる？　中学のときあたしがちょっとつきあってた。その長沢くんは同級生の子でしょ、サッカー部の、そうじゃなくて、あたしが言ってるのは……そうそう、よく憶えてるわねえ、宮崎の旅館でね、廊下に呼び出されてパジャマ姿で、ジャージ？　あの緑の上下の？　あれ着てみんな寝たんだっけ、やだ、ぞっとするね。そう言えば、修学旅行から帰ったあともその長沢くんからは何度か手紙を貰《もら》ったおぼえがある。ラブレター。内容はぜんぜん憶えてないけど。坊主頭の長沢くん、ねえ、懐かしいね、どうしてるかな。でもあたしが言ってるのはその長沢くん……あら？　はるみ、同級生の子は永田くんじゃなかった？　長沢じゃなくて永田、ほら、永田産婦人科の親戚《しんせき》だったでしょ、そうでしょ？　永田くんよ、なんか変だと思ったのよ。

だからあたしが言ってる長沢くんは三つ上の、高校生の、一緒に文化祭に行ったじゃない、化学の実験か何かで凍った金魚が生き返るのを見たでしょ。そう、あのときの長沢くん。彼が手紙をくれたの。ううん、最近の話。大学も就職も東京でいまはこっちにはいないんだけど、今年の夏、お盆で帰ってきたときにたまたまうちのお店で飲んで、そのときが十年ぶり。変ったなあって、びっくりしてた。あたりまえよね。むこうだって、学生服のまじめな高校生だったのに、一人前にバーボンのロックを飲んで、お店が終るのは何時？　なんて訊《き》くの、なんかおかしくて。

うん、奥さんいるよ、まだ新婚。だからお店が終ってから会っても、一緒に飲んで昔話をしただけ、ほんとに。あいかわらずいい人だと思った。いい思い出なの。思い出って、ただ、中学生のときに高校生の男の子と手をつないで歩いたっていう思い出だけなんだけど。ほんとにキスだってしたことないんだからあたしたち。

だから何って言われても困るけど、長沢くんとのことは大切ないい思い出だなってあたしが思ってたら、こないだ手紙が届いて、彼のほうでもそう思ってるって書いてあったの。それが嬉《うれ》しくて。長沢くんね、アメリカ行っちゃうの、奥さんと一緒に、海外赴任。仕事は、よく憶えてないけど、自動車を輸出してる会社、トヨタとかニッサンとかそういうところ。そう、偉くなると思うよ、帰ってきたら。もともと勉強できた人だし、まじめないい人だし。だってふつう手紙なんか書かないよ、昔つきあってた女の子に。何の得にもならないのに、ずっと忘れませんなんて書かないよね。あたしほんとに嬉しかった。ほんとに。

変？　変じゃないよね？　長沢くんみたいないい男があたしのことずっと忘れないって言ってくれるんだから、あたしみたいな女のことを、嬉しくってとうぜんよね。いまのあたしじゃないあたしを誰かが知っていてくれるって、なんだか嬉しいじゃない。こうなる前の、昔のあたしをずっと憶えててくれるなんて。ねえ？

……そうだ、はるみ、あんたあたしのスーツ気に入ってたでしょ、茶いろの、キャサリン・ハムネットのスーツ、あれあんたにあげる。どうもしないわよ。急にじゃないでしょ、前々から欲しい欲しいって言ってたじゃない。ね？　あれほんとにあげる。どうしてって、あんたはあたしの親友でしょ？　欲しくないの？　欲しいんだったら黙って貰いなさい。その代り、あんたも昔のあたしのことずっと憶えてるのよ、忘れたら承知しないわよ。そりゃあたりまえだけど、いいから、忘れないって誓いなさいよ、一言でいいから。そう、それでいいの、ありがとう。

じゃあね、もう切るのって切るわよ、だって、もうじきだんなが帰ってくるでしょう。ジャイアンツが何点取って勝ったか教えてあげるんでしょ？　何が心配なのよ、変なこと言わないでよね。あたしは疲れたからもう寝るの、プリンセス・プリンセスを聴《き》きながらぐっすり眠るの、あしたは仕事に出なきゃならないんだから、あんたは余計なこと考えずにさなえちゃんとだんなのことだけ心配してなさい。いい？　じゃあね。……またね、さよなら。

　ゆかりです、すいませんお仕事中に。うちからかけてるんですけど、マンションから。はい、もうだいぶ落ち着きました。ママにまで心配かけてすいません。身体《からだ》のほうはなんでもないんです、ただ、夜のお仕事はもうやめることにしたので、それで、ママには御挨拶《ごあいさつ》しなければと思って、ママは、あたしがこのお仕事に入ったときの最初のママだし、いちばん面倒を見てもらってる人だから。ほんとうに、いろいろとありがとうございました。ええ、でももう決めたんです。先のことはまだ……ああ、忙しいんでしょう？　いいんです、これで失礼します、ひとこと挨拶したかっただけですから。はい、そのうちに。ママもお元気で。

　秋子ママですか？　ゆかりです。いまちょっといいですか？　ええ、そのお話、なつみさんから聞いてもらってると思いますけど、やっぱりあたし……ごめんなさい、せっかく声をかけていただいたのに。いいえ、まだ何も考えていません。ありがとうございます。そのときにはお願いします。じゃあ、これで……なつみさんに会ったら、ほんとにごめんなさいと伝えておいて下さい。

いさむさん？　あたし、わかる？　元気よ、ほんとに誰《だれ》だかわかってるの？　名前言ってみて。ヘヘエ、生きてるわよ、ちゃんと。忙しい？　暇でしょ、お客さん一人もいないんでしょ。うん、部屋からかけてる。お店に出られるわけないじゃない、あんなことあったのに。

そりゃああたしが何をしたわけじゃないけど、でもね……あのママきついし、顔もだけど言うことが。うん、言われたよ、はっきり。あのね、スキャンダルだって、スキャンダル。そうなの、使わないよねスキャンダルなんて、最初あたし何のことかわかんなかった。だいじょぶだいじょぶ。だいじょーぶ、クビになるのは慣れてるもん、もう何回めかな、いさむさんのほうがよく知ってるでしょ。これ？　プリンセス・プリンセス、うるさかったら音下げようか？

　でも笑っちゃうよね。何がって今度のこと、あのやせっぽちのテッちゃんが、臆病《おくびよう》者《もの》の、だってテッちゃん注射の針が恐くてヤクザやめたんだよ、だのに相手は大男じゃない、柔道と剣道の段を持ってるって飲むといつも自慢してた。

　そう、ついてないってテッちゃんもぼやいてた。ヘマよねえ、ついてないじゃすまされないよ、裁判にまでかけられて。行ったよ三回も、打ちどころが悪けりゃ簡単に死ぬって本当だなあなんて、あのバカ舌打ちしてるの。ほんとにあたし笑っちゃった。警察の人だってそばでニヤニヤしてたんだから。ほんとだって、いさむさんも笑っていいよ、こんなの笑い話よ、みんな笑っちゃうわよ。

　身体はなんともないの、もともと強いほうだし、寝込んでなんかいない。何も、べつに何もしてないけど、ボーッとしてる一日中。うん、食べるのは食べてるよ、でもあんまり食欲ないから少しやせたかもしれない。だって鏡なんか見ないもん。もうどうでもいいのそんなこと。よくないけど、でもいいの、……ねえ、まだお客さん来ない？

　これ好き、いまかかってる曲、『パパ』っていう曲。お父さんに恋人を紹介する歌。あたしね、子供の頃《ころ》の写真で気に入ってるのがあるの、それしか持ってないんだけど、一枚だけ、家族四人で別府《べっぷ》の温泉へ行ったときの写真、地獄めぐりのところでお兄ちゃんとあたしがお父さんの腕にぶらさがって写ってるの、冬の写真、髪を短く刈った若いお父さんがオーバー・コート着て、両足を踏んばってニコニコ笑ってる……あたしはたぶん三歳くらいでその旅行のことは何も憶えてないんだけど、あとからお母さんに聞いただけで。

ほんとに、子供の頃の思い出なんかぜんぜん残ってない、お父さんの会社の社宅に住んでてね、裏庭に南天の実がなってたのを憶えてるくらい、ちょうどいま頃よね南天の実って、他はなんにも憶えてない。うん、あんまりいいことなかったのかもしれないね、近所の子にいつもいじめられてたのかもしれない、お兄ちゃんは手がかからなかったけどあんたは泣き虫で困ったって、いつかお母さんが言ってたような気がする。

でも夜のお仕事に入ってからは思い出がいっぱいあるよ、楽しい思い出もいっぱい、いさむさんとも知り合えたしね。高校を途中でやめて、百合子ママのところで拾ってもらって、それから。そうまだ十七、可愛《かわい》かったと思う自分で言うのもなんだけど、いまよりずっと。百合子ママの家に居候《いそうろう》してたのよ、あのママにはずいぶんお世話になったの、いろんなところに旅行にも連れてってもらったし、洋服も買ってくれた、あのママに御飯を食べさせてもらわなかったらあたしどうなってたかわからないと思う。お母さんは、もう東京に行ってた、お兄ちゃんのとこ。

十八歳のお誕生日にね、お店のカウンターで、大きなケーキにロウソク立ててみんなで祝ってくれた、カラオケのハッピイ・バースデイ歌って、あの誕生日がいままでいちばん嬉しかった、誰かがあたしのためにあんなに大きなケーキを用意してくれたのは初めて、ロウソクの火を吹き消したのもあのときが初めて……そうそう、テッちゃんもそのとき一緒にいたの、百合子ママの店のお客さんで、こないだまでヤクザだった人よってママが紹介してくれたんだ。たぶん、その夜からだったんじゃないかな、テッちゃんと喋るようになったのは。ねえ、もう七年になるのね。

ああ、いまの鐘、お客さん？　じゃあ切るね。ううん、べつに用はない、久しぶりにいさむさんの声聞きたかっただけ。ほんとね、ほとんど聞いてないよね、ごめんね、あたしばっかりバカなこと喋って。じゃあ……いさむさん？　あたしいさむさんにも感謝してるからね。うん、いろいろと感謝してる、ありがとう。わかってる、いさむさんは何もしてないと思うかもしれないけど、でもあたしのほうはそうは思ってないから。そういうことよ、何でもないって、ただそういうこと。じゃあね。うん、またお店に飲みに行く。ほんとに。わかったってば、お客さん待ってるよ。

はい、ゆかりはあたしですけど。……いいえいらしてません。ほんとうです。岡本さんとはあたし、お店のお客さんとしてのつきあいしかありませんから、それに、あたしもうお店はやめたんです。まさか、そんなこと、あたしはあたしの事情でやめたんです、失礼ですけど何か勘違いされてません？　奥さんですか？　それはわかりますけど、どうしてあたしがそんなふうに言われなきゃいけないんですか。失礼なこと言わないで下さい。あたしは岡本さんのことなんか……。だから、あたしはおたくの御主人のことはよく知りませんから。最初からそう言ってるでしょう。……はい、飲みました、飲みには行きましたけど、でもそのときはお店の女の子たちみんなで行ったんです。

寝言？　何のことですか。ちょっと……奥さん、待って下さい、ねえ、さっきからあたしが言ってること聞いてるんですか、ねえ聞いてるの？　大きな声はあんたでしょう、馬鹿《ばか》にしないでよ、あたしがどんな音楽聴こうとあたしの勝手じゃない、あんたのダンナが寝言で誰の名前を言ったか知らないけど、あたしはあんたのダンナには指一本触れてませんから。触れられたくもありませんから御心配なく。何ですって？　失礼なのはどっちなの？　夜中にこんな電話をかけてきて、頭にきちゃう、あんたみたいな女がいちばん頭にくるのよ、ダンナの浮気を人のせいにして、だいたいあんたのダンナが毎晩まいばん飲み歩いてるのは誰のせいなの、あんたに原因があるんじゃないの、うちの女房はバカでグズでってダンナがぼやいてるのを知らないの。いいかげんにしてよ、筋合いも何もないでしょう。電話をしてきたのはあんたなのよ、とにかく、あんたのダンナが浮気してるゆかりさんはあたしじゃありません、わかった？　もう二度とこんな電話はかけないで。

岡本さん？　ねえ、どうしてあなたがあたしの部屋の電話番号を知ってるんですか、いま奥さんからも電話があったんですよ。すまないって言われてもあたし困ります、迷惑なんですほんとに。……ママが？　なんでやめた店のママから嫌《いや》がらせをされなきゃならないの。嫌がらせでしょう？　だって、岡本さん、あたしがあなたに何か言いました？　何かしました？　カウンター越しに水割つくってあげただけでしょう、それが気のある素振りなんですか。にっこり笑うのはあたしの仕事です。じゃあ、むっつりした顔でタバコに火をつけろって言うんですか、ただ微笑《ほほえ》んでみせるのが、それが何もかも許すというしるしなんですか。岡本さん幾つなんです、あたしの倍も生きてるんでしょう、もうやめて下さい、あたしのせいにしないで下さい、あたしみたいな女のせいで、男の人の人生がくるってしまうなんて、そんなことあるんですか、酔っ払って楽しくおつきあいしただけなのに、あとになるとみんな、誰もかれもそんなことを言って、あたしのせいにして、もうたくさんです、あたしのために周りが揉《も》めるのはもうたくさん、疲れました、ほんとうに疲れたの、あたしほんとうはただもう眠りたいだけなの、いいですか、電話切ってもいいですか。ありがとう、もう二度と岡本さんに会うこともないと思います、もう御迷惑はかけませんから、いいえ、じゃあ、さよなら。

起した？　ごめんね、お兄ちゃんは？　お義姉《ねえ》さん怒ってない？　ううん、どうもしない。元気。うまくいってるよ、そっちは？　寒そうだね今年の冬、夏が暑かったぶん。コタツはまだ早いんじゃない？　もう出してるの？　お兄ちゃんにそう言って出してもらいなさいよ。言えばいいじゃない。ああ届いた？　うん、だったらいい、わかったから何べんも言わなくていい、自分の娘なのに、たくさん儲《もう》かったときにはたくさん送るんだから。あれは行ったの？　ほらあれ、五木ひろしの……そう、よかった？　遠慮しないで行ったらいいのよ、二へんでも三べんでも。

心配しなくていい、暖かくしてるから、ねえうちの庭にさ、赤い実がなってたでしょ。むかし、あたしが子供の頃、社宅に住んでた頃。庭じゃなかった？　でも、赤い実がいっぱい垂れ下がってた。神社？　近所って、うちの裏のほう？

そうだったの、それって南天の実？　でしょ？　やっぱりね、あたし憶えてるもん、お父さんが教えてくれたの、南天の実ってお父さんに習ったの、幾つだったのかな、それ以来ずーっと憶えてる。お父さんてさ、髪いつもあんなに短かったの？　髪の毛、髪型よ。いいから教えて。いつのって、写真を持ってるのよ、むかしみんなで温泉に行ったときの写真。

思い出してよ。あたしには他にお父さんの思い出なんかないんだから。十八年前でも二十年前でもお父さんはお父さんでしょ、そんなに簡単に、お母さんやお兄ちゃんみたいに簡単にあたしは忘れないわよ。忘れてるじゃないの、みんなで暮した土地を捨てて、お兄ちゃんと一緒に出てったじゃない、お父さんの思い出もあたしのことも捨てたじゃない。いま心配してくれるくらいなら、どうしてあのとき心配してくれなかったの、十七の娘をひとりぼっちにして何ともなかったの？　うん、恨んでる、あたしはね、お母さんと二人でこの街でなんとかやっていけたと思うよ、そりゃ辛《つら》いこともあったかもしれないけど、だっていままで一人きりでやってきたんだから、お母さんと二人なら……そうでしょ？　あたりまえよ、一緒に居てほしかったわよ、きまってるじゃない、あたし一人こっちに残って寂しくなかったと思う？　スナックで毎日まいにち酔っ払いの相手して喜んでるとでも思ってたの？　お母さん、いくらいまは落ち着いて品のいいお祖母ちゃんの顔してても、あたしたち親子なんだからね、お義姉さんが見るような眼であたしを見ないでよ。

……そうじゃないよ、みんな同じ眼であたしを見てるんだってば。でもいい。思い過しなんかじゃないけど、でももういい……わかんないよ自分でもどうしたのか。ごめんね、あたし少し疲れた、お母さんにあたったりしてごめんね。何でもない、誰も恨んでなんかいない、疲れてるだけ。うん、もう寝る、心配しなくていい。あした？　わかんないけど、お兄ちゃんによろしく言っといて、お母さんからだに気をつけてね。じゃあ、さよなら、おやすみなさい。

いさむさん？　またあたし、へヘエ……忙しい？　うん、行きたいけど、でもね。変じゃないよ、ねえいさむさん……あのね、暇になったら電話をかけてくれる？　お願い。うん起きてる。ほんとに？　じゃあ待ってる。ほんとよ。

・

ううん眠くなんかないよ、眠そうに聞こえる？　起きてたんだよ、電話待ってたの。うん、ずっと、さっきからずっと聴いてる、だっていちばん好きなアルバムだもん。どうしたのどうしたのって訊かないでよ、みんな訊くんだから、なによ、寂しいから電話しただけじゃないの、電話しちゃいけないの？　あたしのこと嫌いなの？　いさむちゃんの声聞きたかったんだよ、こら、いさむ、あんたまであたしのこと除けものにするんじゃないでしょうね、してるわよ、してるの、実の母親が、久しぶりに娘の声を聞いて嬉しくないの？　公子さんが公子さんがって気がねばっかりしてさ。自分の息子の嫁の名前、さも迷惑そうに、電話を切ろう切ろうってするんだよ、夜中だって電話したくなるときあるじゃない、夜中に話しとかなくちゃいけないことがあるじゃない、ねえいさむちゃん。

知ってる？　あたしの母はね、むかし男を喰《く》い物にして生きてたんだって。そういう噂《うわさ》、親切に教えてくれる人間がこの狭い街に何十人何百人っているんだから、ゆかりちゃん肌がきれいだねえ、若いのに色っぽいねえ、きっとまいにち男を食べてるからだろうねえだって、いやらしい、みんな、母親が母親なら娘も娘って眼であたしのこと見てね、ずっと前なんか、人を使って調べさせて、相手の親が、息子に近寄らないでくれって、けがらわしいって言ったよ、ほんとに、面と向って、そういうめにいままで何十ぺんもあってる。そりゃ子供二人かかえて母もたいへんだったろうけど、男の人に頼りたかったのもわかるけど、でも奥さん自殺するまで悩ませるのは罪だよね、やっぱり。好きになるのは仕方がなくても、そのせいで誰かが死んじゃうなんて悲しいよ。あたしはぜったい不倫《ふりん》なんかしないから、一度だってしたことないんだから、ね？　いさむちゃんは知ってるよね？　奥さんのいる人は、どんなに優しい人でも好きになったりしなかったよ、好きになっても我慢して、後を追いかけたりしなかったよ。

それなのにテッちゃん、ほんとにバカなんだから、あんな人にわざわざ会いに行くことなんかないのに、死んだ人の悪口言うとバチが当るかもしれないけど当ってもいい、お店にくるたびに自慢ばっかりしてた、自分はそこらへんの男とは違うんだって、そんな人あたし好きにならないよ、好きにならないのに何かあるわけない、誰も信じてくれないけど何もなかったんだよ。……うん、いさむさんが信じてくれるのはわかるよ、でも、ああもうあたしどうして何もなかったなんて言わなきゃならないんだろ、何もなかった何もなかった、十八のときからだよ、何もなかった何もなかったって言い訳ばかりしてきたような気がする。

あたしが男の人といるとね、ぜったい何かあるってみんな思うんだよね、何もないわけないって、あんな楽しそうな顔してお酒飲んでるんだからって、そんな眼で見るんだよね、一緒に街を歩いただけでも、御飯たべただけでも、また男が変ったって、お客さんとつきあってるだけなのに、店の中でだって、愛想よくしなきゃいけないと思うからそうしてるだけなのに、あとから何かあると必ず、その気にさせたゆかりが悪いって、ゆかりのせいでまた幸せな家庭が壊れたって、あたしが悪い？　好きでもない男に愛想よくしたあたしが悪いの？　その気にさせるつもりなんかなかったのに、好きな人にはあたし好きって言えるのに、誰もわかってくれない。もういいよ、もうたくさん、あたし疲れた。

あの晩、テッちゃんがあたしに、あいつとはほんとに何もなかったのかって、テッちゃんまでそういうこと訊いて、あってもなくてもそんなのどっちでもいいじゃない、嫌なものは嫌なんだから、嫌な人とはもうつきあわないって言ったら、じゃあ、そんなに嫌ならおれが話をつけてきてやるって、わざわざ行かなくてもいいのに、むこうが勝手に待ち合せの場所を決めて待ってるんだから、待たせとけばいいじゃない、行けばまた誤解されるんだよ、誤解されて白い眼で見られるんだよ、でもテッちゃん聞かないで、とうとうあんなことになっちゃって……あたしのせいだよね、やっぱりあたしが悪いんだよね。二日くらいしてね、テッちゃんのお姉さんから電話がかかってきて、いちばん上のお姉さんだと思う、両親とも死んでるけどお姉さんが三人いるって話だったから、あんたのせいで弟は人殺しになった、落ちるとこまで落ちたって、弟があんたみたいな女の犠牲になったのがとても悔しいって泣いてた。

その通りだよね、だってあたしがいなければテッちゃん、あんなバカなことにならなかったし、あたしがいなければあの二人は出会いもしなかったんだよね、きっと。あたしが悪いんだ、あたしみたいな女がいるのが。死んだ人の奥さんや子供たちのこと考えると、あたしほんとに申し訳なくて、でも、どうしていいのかわからない、どう謝《あやま》ればいいのかわからない。

うん、疲れてるんだよね、こんなに疲れたのは生れてはじめて。寝てるよ、毎日ベッドに入ってる、でも眠ってるのか眠ってないのかよくわかんない、ずっと疲れたまま、一生このままかもしれないね。いろんなこと考えてるの。むかしのこと。お父さんのことやなんか、でもなかなか思い出せなくて、考えても出てこないの、お父さんの思い出なんて、ほとんど記憶にないんだよね、もともと。うんこれね、『パパ』っていう曲、好きなの、さっきから何べんも聴いてる。これって幸せな家族の歌なんだよね、普通の、平凡な、「パパに会わせたい人がいるの」って娘が打ち明けるの。きっとさ、お庭のある、二階建の、車庫のある家で、お父さんは普通のサラリーマンで、部長さんくらい？　日曜日に庭の手入れをするの、南天の実がなってるかなあ、晩御飯の仕度ができましたよってお母さんが呼んで、ちょっと太めのね、いつもニコニコしてるお母さん、お兄さんは東京の大学へ行って、就職して、むこうでお嫁さんもらって、お盆とお正月に帰ってくる。娘は銀行とかデパートとかに勤めてて、週に二日くらい習い事で遅くなって、それから習い事のない日は恋人と会うからやっぱり遅く帰ってきて、そのことで両親と喧嘩《けんか》になったり、でもある日、お父さんにきちんと、正式に、こういう人がいますって報告する決心をして、なぜお父さんかっていうとお母さんは先に知ってるのよね、最初から、娘と母親は女どうしで仲がいいから、そしたらお父さんは、娘の話を聞いたお父さんは、そうか、って一言、どんな顔だろ、どんな顔してそうかって言うんだろ、ね？……変よね、こんな家族って、おかしいよね、ほんとにあるのかしら。

いさむさんありがとう、嬉しかったんだよあたし。ううん、この電話のこと。またお客さん入ってきたんでしょ？　鐘が鳴ったよ、いま鳴ったよ。

もういい、会いたいけど、いいの、いさむさんの顔を見たらあたし、なんか、また迷惑かけるかもしれないし、これいじょう悪い女になりたくないよ、ほんとにいい。疲れちゃった、もう眠りたいよこのまま、ねえ、いさむさんは知ってたよねむかしから、わかってくれてたよね、そんなに悪い女じゃないって、人が言うほど悪い女じゃないよあたしほんとは。ありがとう、もう眠るよ、ほんとだって、疲れちゃったから、そっとしといて、あたしのことそっとしといて、ありがとう、いさむさんありがとう、おやすみなさい。

お父さん。お父さん……見てあたしこんなに疲れちゃってね、こんなに疲れたのは生れて初めてでね、もうどうしていいのかわかんなくて。そばにいていい？　飲まないほうがよかったのかなあ。……最初から、最初からいつもそばにいてくれたら、あたしこんなもの飲まなくてすんだんだよ、お母さんだって、きっと、寂しがることなかったと思うよ、そうしたら家族四人で暮して、ずっと一緒にあの南天の実がなってる庭の社宅に住んで、お兄ちゃんは高校卒業して東京に就職してお嫁さんをもらっても、お盆とお正月には必ず帰ってくるから、あたしは昼間の仕事に就いて、恋人をみつけて、一人だけ優しくてまじめであたしのことを心から好きだって言ってくれる男の人をみつけて、それはたぶんテッちゃんじゃないと思う、だってテッちゃんとは昼間の仕事をしてれば会うこともなかっただろうし、あたしに会わなければテッちゃんはテッちゃんで別の幸せな暮しがあったはずだから、それであたしが恋人がいるって告白するとお父さんは一言、そうか、ってどんな顔で言うんだろう、ね？　この写真みたいに笑いながらうなずいてくれるの？　うなずいたあとで、お母さんは知ってるのかって訊くかもしれないね、もちろん先に知ってるのよ、お母さんとあたしは大の仲良しだから何でも喋っちゃうの、知らなかったのはお父さんだけ、ねえそういう家族っていいよね、ほんとにあるのかどうか知らないけど、そういう家族だったらよかったのに、そうしたらあたしはもう二度と、誰にも、何もなかった何もなかったって言い訳しなくてすむし、また男を喰い物にしてる、母親が母親なら娘も娘だなんて言わせない、そうでしょ？　お父さんがそばにいてくれるだけでよかったのに、見てこの顔、あたし疲れちゃったよもう、人生ってたいへんだよ、あたしが生きてるだけであたしの周りにあとからあとから揉め事が持ち上がる、さばききれないよ、ねえ、そばにいていい？　お父さんあたし眠くて眠くて、どうしようもないくらい眠くて、そばにいてよずっと、このまま、眠ってしまうからね、いつまでもいつまでも眠るからね、離れないでね、お父さん、そばを離れないでね、あたしが眠るまで、ほんとうに眠ってしまうまで、何もかも忘れて、このまま、お父さんのそばで、眠るまで。

冷蔵庫を抱いた女

私はそのとき女房のことを考えていた。

店は早い時間から暇だったが、深夜の二時をまわった頃《ころ》にはカウンター席に顔なじみが二人並んでいるだけになった。

二人とも他の酒場でさんざん飲んできたのだろう。私から向って右手の客は注文したビールにはほとんど口をつけず、ピーナッツの殻を不器用に割り続けている。この男は洋品店の次男坊で、三十を一つ越えたばかりの独り者である。左側はやはり三十代前半の独身の小説書きだ。飲み疲れたのか、しかめ面《つら》でコーヒーをすすってはさかんに煙草《たばこ》をふかしている。

私はカウンターの内側に立って彼らの話に耳を傾けながら、女房の顔を思い浮べていた。

独り者の客を前にして女房のことを考えるというのは妙なものだ。彼らはお互いの女性関係について軽口をたたき合う。あるいは自分の経験談を冗談にまぎらして披露する。話はカウンターの端に誰《だれ》かが置き忘れていたライターをきっかけにして始まった。淡いピンクの小型のライターで、腹に白くラブホテルの名前が記してある。おそらく彼らにとってはおなじみのホテルのはずである。洋服屋が口火を切った。

「このホテルは困るんだよなあ、帰りがけに領収書をくれるから」

「領収書？」

と小説家がさっそく聞き咎《とが》める。

「どこで。出口でか？」

洋服屋は相手をうさんくさそうに眺めて、

「酔ってるんだろ？」

「そう思うのならタクシーで送ってくれよ」

「おまえは最近、無精して自分の部屋ばっかり使ってるからだ。いいか、このホテルはな、エア・シューターで料金を払うとお釣りと一緒に領収書が上がってくる」

「エア・シューター？」

「………」

「領収書なんかその場で捨てちまえばいいだろ」

「その領収書をついポケットにしまいこんで後で大怪我《おおけが》するって話なんだよ。彼女と食事して、レジで支払うときに札を取り出したつもりが中にホテルの領収書がまじってたことがあって……」

「彼女って？　みえちゃんか、じゅんちゃんか、ゆみちゃんか、かずえちゃんか」

「誰なんだ、そのかずえちゃんていうのは」

「知らなきゃ知らないでいい」

洋服屋はふたたびうさんくさそうな眼つきで隣を見やった。それから短い吐息を洩《も》らし、気をとりなおしたように続ける。

「ただ、すごく縁起のいいホテルではあるんだけどな」

「どんなふうに」

「いちど使うと次がすぐつながる。こないだなんか、彼女と泊ったすぐあくる日、夜中に車を運転してたら……」

「その彼女は誰だ、みえちゃんか、じゅんちゃんか、ゆみちゃんか、かずみちゃんか」

「かずみ？　かずえだろ？」

「……失敬」

「いいさ。ふられた女の名前をいつまでも憶《おぼ》えてたってしょうがないから」

「おまえは今夜は誰にふられた？」

しばらく両方ともむっつり黙りこんだ。だいたいこの二人が、二人きりで私の店に現われるのは珍しいのである。

「夜中に車を運転しててどうなったたって？」

「ああ……運転してたら、前から女が一人で歩いてくるのが見えたんだ。おれは仕事の帰りだったけど、二三軒スナックをまわって酔っ払ってたからつい、その、車を止めて声をかけてしまった。ホテルに行かない？」

「顔みしりか」

「いや。でも、むこうも夜中に一人で歩いてくるくらいだから少しは酔ってたんだろうな。走って逃げようともしない。そりゃ、すぐに行きますとは答えないけど、なんかこう、迷ってるふうでもじもじしてるから、ドアを開けて強引に腕をつかんで、カラオケを歌えるホテルを知ってるから一緒に行こうよ、ぜったい何もしないからって」

「あいかわらずその文句を使ってるのか」

「……ホテルに入ってわかったんだけど、ふつうの若い女だよ、二十二三くらい。水商売じゃないと思う。で、約束通りに何曲かデュエットして、後の方の約束は破って……終ってから服を着るときにブラウスのボタンを止めながら女がひとことだけ言った」

「一時間を越えたから三万円よ？」

「ちがう。商売女じゃない。おれの想像ではたぶん銀行員か何か」

「ひとことだけ何て言ったんだ？」

三十男が若い女の声色《こわいろ》をまねて言った。

「あなたって、わがままな人ねえ」

ほんの少し間を置いて、小説家が笑い出した。次に私が加わり、最後に喋《しゃべ》った本人がビールを一口飲もうとしてむせる。それからその笑いがおさまらぬうちに、小説家が、これはこないだ高校時代の友人から聞いた話だけどと前置きをして切り出した（彼はいつも他人《ひと》から聞いたと前置きをして話す）。

その男は去年の春、自分の会社の新入社員に一目惚《ひとめぼ》れした。高校を出たての笑顔の愛くるしい女の子だった。相手はまだ十代だから、いきなり口説《くど》くのも無理があるだろう。男は半年がかりでじわじわと言い寄って、やっとホテルに連れ込むことに成功した。しかしその晩、男は飲みすぎていた。いざというときになって、どうしても駄目だった。

一時間ほどあれこれ試してみたが、いっこうに兆《きざ》しが現われない。とうとう女の子が頼んだ。疲れたからもうやめて。男はうなずき、ベッドに横たわりながら、かわいそうなことをしたなと思った。思いながらうとうとと眠ってしまった。しばらくして目覚めると、女の子の姿がない。先に一人で帰ったのだ。ちょっと信じられなかったが、男は自分も着替えることにしてベッドを降りた。ラブホテルに一人で泊ったってしょうがない。浴衣《ゆかた》を脱ぎ、服を着ようとして、下着が足りないことに気がついた。木綿のブリーフだ。どこをどう探しても見つからない。さんざん首をひねったあげくに、男はそのまま下着なしでズボンをはいて会計を済ませた。それからドアを開けて廊下へ出る。そのドアを閉めようとして思わず声をあげた。男のブリーフがドア・ノブに引っかけてあった。

小説家が喋り終って自分で笑いころげた。隣も釣られたように声をあげて笑う。仕方がないので私も笑った。酔っ払いが二人寄って興がのると、どんな話でも可笑《おか》しくなる。すぐに続けて洋服屋が喋った。

もう五六年も前の話。あるスナックのカウンターで女の二人連れと隣合せた。どちらから先に話しかけたかは憶えていないけれど、意気投合して一緒に飲みはじめ、看板までにはそれぞれのボトルを空《あ》けてしまった。女二人と彼と、三人ともできあがっていて、誰がホテルに行こうと言い出したのかもわからない。しかし気がついたときにはみんなでラブホテルの一室にいた。やがて女の一人が訊《たず》ねた。あんたはどっちと寝るつもりで誘ったの？　彼はへらへら笑いながら両方でも別にかまわないと答えようとして、なんとなく様子がおかしいのに気がついた。女は、もう一人の女の方を向いて喋っているのだ。

質問された女はすでにベッドに寝ころがっていて何も答えようとしない。三人で寝ないか？　と彼は提案してみた。するとしっかりした方の女が彼をにらみつけるような眼で見て、お風呂《ふろ》に入ってらっしゃいよと命じる。ひどく面倒くさいとは思ったが、結局は従うことにした。女二人に相手をしてもらうのだから、やはり汗は流しておいた方がいいだろう。眠くなるのをこらえながらシャワーを浴びて、戻ってみると、ベッドの上で裸の女が重なっていた。仰向けになった女の乳房がとても柔かく触りごこちがよさそうに見えたので、近寄っていって手を伸した。上に乗っている女の手がそれを払いのける。もういちど触れようとして、こんどは手の甲をぴしゃりと叩《たた》かれた。それきり仲間に入れてもらえず、彼は素っ裸のままベッドの脇《わき》にじっと立ちつくすことになった。叩かれた手をさすりながら。

三たび酔っ払いたちの笑い声があがった。私も半分は商売上の義理で笑ってみせる。

洋服屋がビールの追加を頼み、私にも飲むように勧めた。私は冷蔵庫まで歩き、小瓶のビールを取り出しながら、女房のことを思っていた。

今日の夕方、私が家を出るとき女房は玄関まで送りもせずに、ダイニング・キッチンの食卓に腰をすえて息子の勇太に笑いかけていた。女房は不機嫌なときにはかならず私以外の人間に愛想をふりまく。

本人は気がついているのかどうか知らないが、その癖《くせ》は昔からのものだ。彼女は決して不機嫌の理由を面と向って私に訴えることはしない。そのせいで、私は昔からひとりで要《い》らぬ気をまわさなければならない。

きょう女房の機嫌が悪かったのは、私が寝坊して息子を動植物園へ連れていけなかったからだ。それも、もともとは先週の日曜の約束だったのを、私の都合で一週間のばしてもらったのだからなおさら悪い。ゆうべの土曜は遅くまで忙しかったなどという言い訳も立たないだろう。動植物園行きは、前々から本物のキリンを見たいと息子が言っていたこともあるのだが、それよりも、むしろ女房の方が楽しみにしていたふしがある。店の定休日である第一第三日曜に、家族三人でどこかへ出かけたことなど最近ではほとんどないのである。その辺のことは私にもわかっている。わかってはいるが、女房は直接、私には何も文句を言わない。

実は先週の日曜、私は麻雀《マージャン》を口実にある女性のアパートでまる一日過した。あるいは、女房はそのことにもうすうす感づいているのかもしれないと私は思う。きょうの不機嫌の根は先週の日曜から伸びているのかもしれない。しかし女房はひとことも触れない。昔からそうなのだ。結婚する前、恋人どうしのつきあいを続けている頃にも、決して私の女性関係については口出しをしなかった。知らないふりをするというのとは違う。うまく言えないけれど、要するに、ただ単に（私とその女との関係が続いている限りは）沈黙を守るのである。

たとえ噂《うわさ》を耳が聞き取り、実際に眼で確認できたとしても口は閉すのだ。どうしても抜きさしならないはめになった私が、自分の口から告白するときまで。あるいは関係が終ってずいぶん経《た》ってから、何の事か咄嗟《とっさ》にはわからないくらいの軽い皮肉を私に呟《つぶや》けるときまで。嫉妬《しっと》や疑いを素直に言葉でも態度でも表わすことができない。女房はそういう女である。しかし、そういう女に対してとうじ私が感じたのは、いとおしさに似た気持だった。これは惚《のろ》けと取られても仕方がない。さらに言えば、憐《あわれ》みのまじったいとおしさだった。世の中にはもっと上手に男に甘えたり、やきもちを焼いたりできる女がいることを私は知っている。にもかかわらず、私はその種の女たちに比べればずっと不器用な、本人の昔の口癖を思い出せば男運の悪い、女を妻として選んだ。

ビールを持ってカウンターへ戻った。小説家はさっきまで笑いこけていたのが嘘《うそ》のようにまた苦い顔でコーヒーをすすり、煙草に火を点《つ》ける。もっと他に笑える話がないかと考えているのかもしれない。洋服屋が私のグラスにビールを注いでくれた。乾杯の仕草をし、一息に半分ほど飲んだあとで、自然に言葉が口をついて出た。

「そういえば、冷蔵庫に抱きつかれて困ったことがあったな」

「ラブホテルで?」

と小説家が煙草のけむりを掌《てのひら》で払いのけながら私を振り向き、

「女が冷蔵庫に抱きついたの?」

と洋服屋が私のグラスにビールを注ぎ足しながら訊ね、私はその両方へうなずいてみせた。それでもまだ二人とも怪訝《けげん》な顔をしている。

「文字通り、両手で抱きしめたんだよ。こうやって」

私は女の仕草を思い出して真似た。ホテルに備え付けの冷蔵庫は小型のワン・ドアである。女は膝《ひざ》を大きく割ってしゃがみ込み、両腕をまわしてすがりついた。ワンピースの裾《すそ》がみだれ太腿《ふともも》のあたりまでめくれていた。左側の酔っ払いが茶々をいれた。

「よっぽどその冷蔵庫が気に入ったんだ」

　私は黙った。

「これと同じのを買ってくれなきゃいやだってだだをこねたのか？」洋服屋が鼻を鳴らした。「さすがに女の子の誕生日に冷蔵庫を贈った男の考えることはちがうな。その感受性をだいじにとっといて小説に使えよ」

「おれがいつ女の子の誕生日に冷蔵庫を贈った」

「おれの聞き違いだったか？　全自動の洗濯機だったか？　一年ローンの連帯保証人になってくれっておまえが頼んできたのは」

「……乾燥機付きだ」小説家が認めた。

「月々きちんと払ってるんだろうな？」

「おれはただ好意でプレゼントしただけだ。おまえみたいに温風ヒーターを買ってやるからって18の女の子を口説いたりはしない」

「なおみちゃんに温風ヒーターを贈ったのかい？」と私。

「好意？」と洋服屋。

「なおみちゃん？」と小説家。

「まあまあ」

と洋服屋が掌をかざして、話を変えた。

「いさむさん、冷蔵庫を抱いたときのその女の表情は？　それがわかればだいたいの想像はつくと思うけど」

私はビールを一気に飲みほしてから、腰を落とし、両腕でゆるく円を描き、女の顔つきをやや誇張してみせた。

「なるほどね」小説家が言った。「冷蔵庫を持ち上げようと頑張ってるわけだ」

「ばかばかしい。嫌《いや》がってるんだよ。ね？」

私はうなずいた。

「ホテルに入るとこまではよかったんだけど、いざというときになって嫌だと言いだしてね。往生したな。息を切らして部屋じゅう追いかけまわした。最後に行きついたのが冷蔵庫で、抱きついたままどうやっても離さない。片手をつかんでちょっと引っぱると金切り声をあげるし」

「何だっていうの」

「遊びじゃだめだって言った。真剣につきあう気があるならいいけど、一晩だけ遊んで捨てるつもりなら嫌だって」

「じゃあ、とりあえず真剣だって言ってやればいい」

「言ったさ。でも眼が嘘をついてるって、信じてくれない。しまいに、神様に誓えるの？　なんて」

「ずいぶんかたい女だな」

「かたい女がホテルについてくるか？　おれはちょっと異常だと思う」

私は洋服屋に向って、もういっぺんうなずいた。

「いま考えればね。とつぜん冷蔵庫にしがみついて神様に誓えなんて叫ぶ女は、やっぱりどこか普通じゃない。そう思うよ。でも、まだ結婚する前で若かったし、ただ眼の前にいる女をものにしたいと気が焦《あせ》るばかりで」

「それで、ものにできたの？」

「その前に冷蔵庫が倒れた」

「え？」

「いろいろ言い合ったり、手を握ったり振り払われたりしてるうちに倒れて、女がその下敷きになった。冷蔵庫を抱いたまま仰向けに寝ころがった状態だな。その状態で動きがとれない。息が苦しそうな声でひとこと、助けてって頼むのがやっとだった」

予想通り、ここで二人とも笑いだした。私は左手を空のグラスに添え、右手でビールの残りを注いだ。洋服屋が代表して訊ねた。

「助ける代りにやらせろって言った？」

「そんな暇はない、早くしないと窒息しそうだったから。冷蔵庫を起してやったあとで」

「命を助けてやったんだからやらせろ」

「うん、そう言おうかと思ったんだけど、女が、からだのここが痛いあそこが痛いって泣きだした。その痛いとこをいちいち撫《な》でてやってるうちに、なんとなく……そうなってた」

「めでたしめでたし」

「まあね」

たしかにその夜はそれでよかったのである。しかし話は先がある。

「妊娠したんだな、きっと。そういうときに限って妊娠するんだ。ひとまず安心させせといてすぐに次の難題を持ち出す。そういうもんだ、女というのは」

小説家が片眼を細めて煙草を灰皿に押しつけながら、そう言ってのけた。隣の洋服屋は自信ありげな男をしばらく見守ってから私に眼を向ける。

「そうなの？」

私はかぶりを振って残りのビールを飲んだ。

「やっぱりね。こいつの小説に出てくる女はすぐ妊娠するんだ。あれは自分の経験で書いてるのか？」

「そうなんだよなあって、唸《うな》ってたのは誰だ？」

「ばかいえ、おれが唸ったのはな、女が、男の着てるシャツを破る場面だよ。自分が誕生祝いにプレゼントしたシャツをだ。そのシャツを着て男は別の女と映画を見て、食事をして、酒を飲んだんだ。映画は『インナースペース』で、食事は千福鮨で、酒はこの店だ、人参倶楽部。そのあとは何もなくて別れた。ほんとはもちろんホテルへ行ったんだが、何もなかったと女に言い訳する。しかし女は信じない。ひどくやきもちを焼いて男のシャツを破るんだ。ポケットのとこに手をかけて引き裂くんだよ」

「くわしく憶えてるね」

と私が指摘した。小説家がもっともらしく相槌《あいづち》をうった。

「彼の実話にもとづいてるからね」

「その通りだ馬鹿やろう、おれが喋ったまんまを書きやがった。おかげでおれはまたシャツを破られたんだぞ。こんどは自分で買ったシャツだ」

「次に買うときはポケットのないシャツにしろ」

私だけがうけた。

「それか、やきもちを焼かない女を見つけろよ」

このときは誰も笑わなかった。言った本人が、すぐそばから訂正する。

「それは無理か、いくらなんでも。まだポケットのないシャツを探す方がはやい」

私は苦笑いを浮べて、口をはさんだ。

「さっきの話だけどね、冷蔵庫のつづき。これがひどいやきもち焼きだった」

「ほう？」

冷蔵庫の夜以来、つまりからだの関係ができてから女の態度は一変した。

まず、そのころ私がバーテンとして勤めていた酒場に八時頃、毎日かならず電話がかかるようになった。女は商店街の鞄屋《かばんや》で売子をしていて、店が閉るのがその時刻なのだ。それまでは私の方からしょっちゅう電話をかけ、機嫌をとったり飲みに来るように頼みこんだりのくり返しだったので、狐《きつね》につままれたような気がしないでもない。しかし正直いって私は嬉《うれ》しかった。彼女が友だち数人と私の店へ飲みに来たのが知り合ったきっかけだったのだが、そのときから私は惚《ほ》れていたのである。一方的に好きになって、しかもなかなか打ちとけない女を、二ケ月も三ケ月もかけて口説き、やっと自分のものにしたという満足感が当時の私にはあった。

だから最初のうちは、毎晩八時にかかる電話を私はむしろ待ち望んでいたといっていい。別にこれといった話もなくて、いまから家へ帰ると報告し、切りかけるのを、ちょっとでいいから店へ寄っていけと誘うこともしばしばあった。そして私が誘えば、彼女は決して断らなかった。要するに、あのとき冷蔵庫を抱いて嫌がった女は、まいにち私に電話をかけ、二日に一度は店へ顔を出すようになったのである。小説家がまた口を出した。

「要するに、二日に一ぺんはホテルに泊るようになったわけだ」

「そんな金の余裕はないよ。二回めからはアパート。冷蔵庫もないから安心だし」

「彼女の方の部屋は？」

「姉夫婦のところに居候《いそうろう》してた」

「二日に一ぺんも外泊して姉さんは何も言わないの？」

「一ケ月もしないうちに彼女が、姉さんに会ってくれないかと頼むようになった」

「それで？」

「もちろん会わない。女の身内に会ったらおしまいだって、あのころは自分に言い聞かせてたから」

「いまの彼と同じ主義だね」と小説家。

「人のことが言えるのか？　おまえは」と洋服屋。

私は二人の掛け合いにかまわず先をつづけた。

「そのあたりからだな、雲行きがあやしくなってきたのは。会えばかならず、あたしのことをどう思ってるのかっていう話になって、こっちは結婚までする気はないけど、あっさりないとも言えないから、曖昧《あいまい》に言葉をにごす。そしたら恐い顔でにらみつけて訊《き》くんだ。じゃあどうして最初にあたしを誘ったの？」

眼の前で二人の男が大きくうなずき、一人が発言した。

「いやな質問だよなあ。どうしてって、好きだからに決ってるじゃないか。いまさらそんなこと答えさせてどうしようっていうんだろ。なあ、そう思うだろ?」

もう一人が冷えたコーヒーに口をつけて答えた。

「思うよ。思うけど、きみは何をそんなに興奮して喋ってるの?」

私は冷蔵庫からもう一本ビールを取り出してきて、それを飲みながら先を喋った。

「まあ、そんなふうでも電話は毎日かかってきてたし、こちらから誘わなくても、店へもあいかわらず顔を出した。もちろん、どっちも前みたいには嬉しくなかったけどね。それまではカウンターの端でおとなしく飲んでたのが……

……その辺の気持が彼女に伝わったんだと思う。急にやきもちがひどくなった。

「まんなかにすわって歌うようになった?」

「そんなことじゃない」

私が前に立っていないと承知しないようになったのである。少しでも離れたりすると声をあげて名前を呼ぶ。しかも呼びすてである。私が他の女性客の相手をしているときには特にしつこい。呼ばれて行ってみると何のことはない、煙草に火を点《つ》けろという。あるいはいま喋っていた客とはどういう関係なのかと詰問する。ネクタイが曲っているからと手を伸す。そばで店のママが咳払《せきばら》いをする。ホステスの一人が用事を言いつける。

しかし離れてまた五分もすると名前を呼ぶ声が聞こえる。私は彼女と、客と、ママと、ホステス達の間に立って気疲れしてたまらない。

もう店へは来ないように頼みこもうと思っていた矢先に、年配のホステスが、帰り掛けの彼女をつかまえ、店の外で私と一緒になって注意してくれた。これは意外に効果があって、私は首をまぬがれたけれど、しかし彼女の嫉妬は止《や》まなかった。店へ直接は来ない代りに、電話が一日に二度も三度もかかってくるのである。彼女は私と常連客との仲を疑い、五人いるホステスとの仲まで疑っていた。小説家も疑いを差しはさんだ。

「五人もホステスがいて、いさむさんが手を出さないなんて誰も信じないよ」

「……実をいうと、一人だけつきあってる子がいた」

「だろうね」

「つきあってるっていってもまだ一回だけだったけど」

しかしその一回めのつきあいの夜、たまたま冷蔵庫の女は私のアパートで帰りを待っていたのである。とうぜん彼女は私の外泊をきびしく非難した。私は麻雀《マージャン》を口実に使った。事実その頃は、暇があれば水商売仲間と麻雀を打っていたのだ。その場はそれでなんとか収まったけれど、彼女は私の行動をますます疑うようになったし、私は私で女の嫉妬にだんだん嫌気《いやけ》がさしてきた。

彼女は、私が働いている店の近くのスナックから電話をよこすようになった。そこで待っているので仕事が終ったら迎えに寄れと言う。それが毎晩のことで、彼女はもう私のアパートに転がりこんだも同然だった。姉夫婦との間がどうなっているのかむこうからは一言も喋らなかったし、私も関心がないので聞かなかった。麻雀の約束がある夜は、彼女が待っているスナックまで行き、いったん断ってから出かけるようにした。それが面倒で電話ですませると、彼女は店の前で待ちかまえていて、本当に麻雀かどうか確めるために一緒に行くと言う。

そんなことを何度も何度もくり返しているうちに、私はとうとう癇癪《かんしゃく》をおこした。自分の行動をいちいち監視されるのは我慢できないのだ。合鍵《あいかぎ》を返せと迫ったが、絶対に別れないからと泣いてすがりつかれた。苦しいほど抱きしめられてぞっとしたのを憶えている。私は冷蔵庫ではない。

それからまる一週間、仕事が終れば店の前で女と言い争い、女に泣きつかれ、走って逃げるというような愁嘆場を続けなければならなかった。その界隈《かいわい》で私はすでに笑い者である。

アパートに帰るわけにもいかないから、友だちの家とサウナ風呂とを交互に泊り歩いた。八日めが確か給料日で、私は断られるのを覚悟で例の一回だけつきあいのあるホステスに誘いをかけた。店の前でどう揉《も》めようがもうかまわない。それも覚悟の上だったが、案に相違して両方ともうまく運んだ。誘った女は黙ってうなずいてくれたし、店の前に冷蔵庫を抱いた女の姿は見えなかったのだ。

ただ、それで安心するのは少し早すぎた。タクシーでラブホテルに乗りつけ、部屋に入り、バス・タブに湯をためるどころか煙草を一本喫《す》う暇もなかったと思う。とつぜんベッドの枕《まくら》もとで電話が鳴り響いたのである。受話器を耳にあてると彼女の声だった。

「なんとまあ……」

「タクシーで後をつけて来てたんだな。それで、妙に白けた声で言うんだ、合鍵を返してあげるから外へ出てらっしゃいって」

「どうしたの？」

「出たよ。そうするしかない。そしたら……」

「包丁かなんか持ってた？」

「ほんとに鍵を返してくれたよ」

「何も言わずに？」

「さんざん言われたはずなんだけどね、正直言って、どんなことだったかまったく記憶に残ってない」

「……それで終り」

「そう」

「あっさりしてるね」

「いまだからあっさり話せる」

「ラブホテルで待ってる女は？　そっちも終り」

「決ってるよ。あたしを何だと思ってるの、馬鹿にしないでよって、ねえ？　マスター」

私は苦笑しながらうなずいてみせた。

実はあのときホテルに戻ってみるまで、私も同じようなことを思っていたのである。ところが、女はちょうど風呂から上がったばかりで、裸にバスタオルを巻いた恰好《かっこう》で立っていた。電話の件には一言も触れず、ただ熱いうちにあなたも入った方がいいと勧めてくれるだけだった。

その夜、私はラブホテルのベッドの上で長いあいだ目覚めていた。化粧を落したせいで幼く見える女の寝顔を見守り、彼女がたてる優しい寝息に聴《き》き入りながら、不思議な思いにとらわれていた。彼女の無関心は本物だろうか。それとも無理に装ったものだろうか。しかし、いずれにしても冷たさは感じなかった。私は突き離されたようでいて、受け入れられている。私の弁解はいっさい認められぬようでいて、しかしそばで眠ることは許されている。

妙な感じだが、悪い気はしなかった。私は腕枕《うでまくら》をしたまま長いあいだ眠れずに、彼女のことをもっと知りたいと願っていた。それから後の夜に、何度も何度も同じような不思議な思いを味わうことになるとは知らずに。そしてその思いが、少しずつ女に対するいとおしさに、また憐みに変っていくことになるとも知らずに。もちろん、こんな話を二人の酔っ払いに打ち明けるつもりはないけれど、このときの女がいまの私の女房である。

行《ゆく》秋《あき》

普段なら夫が帰宅するのは朝の七時頃、天気のいい日だと夏場はすでにベランダの手《て》摺《すり》が光を照り返す時刻、雀《すずめ》の囀《さえず》りもやかましいくらい耳につく。
ほんとうは閉店は五時ということになっているけれど、酔っ払いの客が一人でも残っているうちは腰をすえて相手をするのが夫の習慣。昔からそうだった。傍《はた》で見ていて苛々《いらいら》するくらい。それからようやく店を閉めて、海岸の朝市へまわり、夜の仕入れをすませると帰途につく。
それが秋の初めの晴れた朝なら、陽射《ひざ》しが道路を隔てた児童公園のまだ青々とした樹木の梢《こずえ》をやっと暖めはじめる時刻。アパートの前の駐車場に敷きつめられた砂利がきしんで、その音がすぐ耳もとに聞こえて、夫の車が止る。すると布団の中で目覚めて待ちかまえていた勇太がゆっくりと数を唱えはじめる。
いーち
にーい
さーん
しーい

ごーお
お兄ちゃんの真似をしたがる千恵子が、起きていれば、途中から覚えている数のところまで一緒に声をあげる。節をつけて、歌うように。
ろーく
ひーち
はーち
くーう
じゅーう
ふたりの声はダイニング・キッチンのテーブルについて緑茶をすすっているあたしの耳には届かない。届かないけれど、寝室で子供たちが数を唱えていることをあたしは知っている。それが習慣だということを知っている。
湯呑《ゆの》みを両手で持って宙に浮かしたまま、居間の窓硝子《ガラス》越しにベランダの向うを眺めながら、耳をすます。2DKの決して広くはない間取り、こんなに静かな朝、どうして襖《ふすま》一枚隔てた隣の声が聞きとれないのだろう。七はひ、ち、でなくし、ち、と発音するのが正しいのではないか。そう教えるべきじゃないのか。緑茶を飲みながら迷ったおぼえがあるのは、あれはいつの朝だったろう。子供たちはいつか自分で誤りに気づくだろうか。それとも、あたしが迷っている間に時が流れて、いつものように、いつのまにか時が流れて、子供たちは朝の習慣を、父親を迎える習慣を失《な》くしてしまうだろうか。あたしの迷いは相手に忘れ去られて無駄になるだろうか。

夫がドアの前に立つ気配、それはダイニング・キッチンにいても感じることができる。鍵《かぎ》が挿し込まれ、九〇度回転して、錠が開く、その金属と金属との響き合う音が、秋の深まる朝ごとに冴《さ》えてくる。そう聞こえる。ドアが開くと、ほとんど同時に寝室の襖が勢いよく開いて子供たちが玄関へ飛び出していく。

車を降りて夫が三階の部屋まで上ってくる間、いったい幾つまで数を唱えるのだろう。それもいつか訊《たず》ねてみようと思いながら果せないまま。あたしは椅子《いす》を引き、立ち上がる。玄関からは甲高《かんだか》い声と低くぼそぼそ答える声。あたしは湯呑みを洗い朝食の仕度にかかる。勇太はパンとジャムと牛乳、千恵子は温めた牛乳だけ、夫はコーヒーに牛乳を混ぜて飲む。いつもの朝の食卓。あたしは三人の食事を見守り、勇太を小学校へ送り出し、夫が眠りについたあと、千恵子の相手をしながらゆうべの残り物を電子レンジに入れる。千恵子はあたしとふたりのときには御飯を欲しがる。あたしは朝からパンを食べる気にはなれない。朝食のあと二杯めの緑茶を飲まなければ一日が始まらない。それがどうしても、夫と一緒になってからも直せなかった習慣。今日で三十五歳の誕生日を迎えるあたしの習慣。

しかしその朝、夫は帰らなかった。

十一月もなかばを過ぎて冬の間近い朝、ベランダの向うの景色にはまだ闇《やみ》の名残りが薄く漂っていて、遠くに望める山並の右肩のあたりがほんのり黄いろに染まっている時刻、いつものようにダイニング・キッチンでひとり緑茶をすすりながら待ったけれど、砂利のきしむ音は聞こえなかった。

とうとう七時をまわってしまい、寝室を覗《のぞ》いてみると子供たちはまだ寝息をたてていた。こういう朝もときにはある。一月《ひとつき》のうちにも指を折って思い出せるくらいにはある。千恵子を起すと面倒なので、そばへ行って勇太の名前だけを呼んだ。お兄ちゃんの方は、目覚めたときに父親がいないといってもう泣いたりはしない。お仕事がまだ終らないといつもの説明をしてやれば、子供の頭でどこまで想像がつくのか、黙ってパンを食べてくれる。

勇太を送り出し、千恵子をあやしながら食事を終えて一息ついたところへ夫から電話がかかってきた。店の電話ではないことが声の調子と、伝わる物音でわかった。受話器を千恵子に渡しておはようを言わせたあとで、どこにいるのか訊ねると病院だと答える。

「すまないけど、ここへ来てくれないか」

「何があったの」

「話はあとだ」

とにかく来てくれないか、と繰り返す夫の口調は差し迫ったというよりも、むしろ困り果てたという感じに聞き取れる。受話器を戻したあともあたしの心に動揺はなかった。少しもなかった。しゃがんで千恵子と顔を見合せ、夫の口真似をしてみせるとなぜか自然に顔がゆるんだ。話はあとだ、だって。


総合病院の入口まではアスファルトの長い傾斜道を歩かなければならない。右側に埋め込まれたガードレールに沿い、くすんだ緑いろの流れのない川を見下ろしながら、ときおり川の向うの木立へその向うの芝《しば》のグラウンドへ眼をやりながら。歩を運んでは立ち止り、立ち止っては歩を運ぶ。ハイヒールを履いた足で、片手にコートを持ち片手にデパートの紙袋を提げて。タクシーなら三十秒とかからずに上りきれるそのスロープにあたしはたっぷり時間をかける。

腕時計はもうじき一時を指すところ。陽射しは包みこむように柔かいけれど、デパートからここまで歩いてくるとさすがにスーツを着込んだ身体は少し汗ばみ息もはずむ。上りきったところでタクシーを一台やりすごし、もういちど陰をえらんで息を整えた。デパートからタクシーを使うにはこの病院は近すぎる。しかし実家からタクシーを飛ばすにはあまりに遠すぎる。やはりバスを病院前の停留所で降りて、買物は後にまわすべきだっただろうか。

硝子《ガラス》の重い扉を押すとすぐ左手に、ちょうどデパートの入口と同様に設けられた小さなカウンター、そこに案内の女性が二人。しかし彼女たちに訊ねるまでもなく夫の姿は眼に止った。

ずっと入口を見守っていたのだろう。左手奥の待合所、背もたれのない長椅子から立ち上がって、早足でこちらへ歩いてくる。長袖《ながそで》の格子縞《こうしじま》のシャツにジーンズ。近づくと無精髭《ぶしょうひげ》が目立つ。夫はあたしの服装を見てちょっと驚いたようだった。あたしは夫が口を開くまえに訊ねた。

「何があったの?」

「遅かったじゃないか」

「これでも急いだのよ。誰か怪我《けが》でもしたの？」

「いや……」

「病気？」

「そうじゃないんだ」

と答えたあと、夫は何か言い辛《づら》そうな顔つきになって口をつぐんだ。朝の電話で、話はあとだと言ったときもたぶん同じ顔つきだったはず。

「どうしたのよ。寝なくてだいじょうぶなの？」

「……ああ。遅かったじゃないか」

あたしは吐息をつきたい思いで夫の顔から視線をそらした。そばで案内の女性が二人ともこちらを見ている。

「遅かったけど来たでしょ、来いっていうから。何があったか話してくれなきゃ訳がわからないじゃないの」

「うん、実はな、うちの客の女の子が……その、睡眠薬を服《の》みすぎたらしくて」

「自殺未遂ね」

「いやそれはどうか……」

「死んだの」

「いや、助かった」

「自殺未遂じゃない」

「まだ決めつけるのはな、可哀相《かわいそう》だろう変な噂《うわさ》が立ったら、まちがって服んだのかもしれない」

「なに下らないこと心配してるの。死ぬつもりだったから服みすぎたんでしょ？　それを店を閉めてから部屋に寄ったあなたが見つけて、大騒ぎして、病院に運んだんでしょ？　違うの？」

「まあ、そういうことだ」

「自殺未遂じゃないの立派な。それで？　あたしに何ができるの？」

「ちょっと来い」

ようやく案内係の眼付に気づいたらしく、夫はいきなりあたしから紙袋を奪い取り、空いた方の手で背中を押して外に出るようにうながす。あたしはその手を軽く払ってから扉を引いた。病院の玄関先に並んで立つともういちど、あたしに何ができるのかと訊ねた。

「あたしより家族を呼ぶのが先じゃないの？」

「それがいないんだ。いや、母親と兄夫婦がいるんだけど東京に住んでて、呼ぼうにも連絡先がわからない。彼女の部屋を探せば住所録くらい見つかるかもしれないけど、しかしそこまでするのを、そこまでして親を呼ばれるのを彼女が望むかどうか」

「本人に聞けばいいでしょう」

「眠ってる」

じゃあ起して聞きなさいと言いたいところを堪《こら》えてあたしは黙り込んだ。

車寄せにタクシーが続けざまに二台止り、どちらからも同じような年恰好《としかっこう》の二人連れが降りてくる。両手に荷物をぶら提げたあたしと同年配の女性、あたしの母親の世代の女性。若い方が年老いた方に歩調を合せるので、入口まで十メートル足らずの距離を焦《じ》れったいほど小さく刻んで進む。脇《わき》へ寄って四人を通したあとであたしは言った。

「それで？」

「病院じゃ誰か一人付いいててもらわないと困ると言ってる。看病ということじゃなくてつまり、保証人みたいな意味合いで……それで、入院の手続きはぼくが済ませたんだかし二三日にしてもやっぱり、着替えとか、洗面道具とか」

「それもある、誰かが立て替えないと。それと、入院は長くはならないと思うけど、し

が」

「お金ね」

「わかりました」

「すまないな」

「鍵をちょうだい、車で行ってくるから」

差し出した掌《てのひら》の上に、夫がジーンズのポケットからキイホルダーごと引っぱり出して載せた。店の鍵もアパートの鍵も一緒につながっている。それから紙袋を受け取り、裏手の駐車場へ歩き出した。五六歩行ったところで夫が追いかけてきて並んだ。並んで歩きながら言った。

「やっぱり誰か一人は付いていたほうがいいと思うんだ。この街には親戚《しんせき》もいないし、友達と呼べる友達もいない、そのくせひとりぼっちには慣れてない子でね。目が覚めたときそばに誰もいないと、きっと、心細いと思う」

「そうね」

「着替えや何かは彼女の部屋から持ってくるわけには……」

「いやよ」

「そうだな。こんなことは、他に頼める人間がいないわけじゃないんだが、でも身内でないとやっぱり、あとで変に話がこじれるのも迷惑だし、それにこんどの事が噂好きの人間に知れると、また彼女が面倒を背負いこむことになって気の毒だ」

「ええ」

「店を閉めてから彼女の部屋に寄ったのは、終りがけに電話がかかってきてな、そのときの様子が妙で、虫の知らせというのか、住所くらいは知ってたから寄ってみた。ところがドアチャイムを鳴らしてもうんともすんとも返事がない、あわてて隣の部屋をたたき起してベランダ伝いに……ほんとに大騒ぎだ。彼女が電話をかけてきたというのは、考えたんだけど、夜中にひとりぼっちで誰かの声を聞きたくなったんだと思う、別にぼくに何か言いたかったわけじゃなくて、行きつけの店に電話をして誰とでもいいから話をしたかったんだと思う、深い意味はない」

あたしは立ち止った。夫は一歩先へ進みかけて踏み止《とど》まり、あたしと向い合った。

「そんなこと、一つも訊《き》いてないわ」

「訊かないから喋る」

夫はまた言い辛そうに顔をしかめて答えた。

「いつもそうだ。おまえは何も訊かない。訊いてくれないと困るときだってある」

あたしたちは互いの眼を視《み》つめ合った。しかしほんの一秒で、夫は戦意を失って足もとに眼を落した。

「千恵子は、実家か？」

「ええ。先週から何べんも言いきかせてあるからだいじょうぶ、勇太も一人でバスに乗って行けるわ」

「その袋はふみこママの？」

「そうよ」

「今夜はたぶん行けないから、よろしく伝えといてくれ」

「それでいいの？」

「仕方がない。食事の約束は、悪いけどまた、こんどの休みの日にでも」

「あたしのことはかまわないけど、でも、古里《ふるさと》は今夜で店仕舞なのよ」

「目が覚めて気持が落ち着くまで付いていてやりたいんだ」

「…………」

「大げさだと思うかもしれないが、やっぱり、彼女はおまえの言う通り死ぬつもりで薬を服《の》んだんだよ、そこまで思いつめる事情があったんだ、こういう商売をしている人間として、いいときばかり相手をしていま知らないふりをするわけにいかないじゃないか、死なせたくないな、二度とそんな気にさせたくない、あんないい子を」

「そういうのはきれい事よ」

「……うん、そうかもしれない」俯《うつむ》いたままうなずくと夫の声は低くなる。「正直いって、本当のところは、ぼくの気持は男として」

「もういい、わかった」

顔をしかめたまま夫が眼を上げた。あたしは視線を合せずに晴れた空を振り仰いだ。白い光を真正面から浴びて眼が痛い。痛いだけでなくむず痒《がゆ》い。瞬《まばた》いてもしばらくは夫の顔が霞《かす》んで見えた。

「いいのか？」

「あなたその恰好で夜は寒くない？」

「店を出るときウインド・ブレーカーを忘れたんだ」

「ついでに取ってくるね」

「すまないな、ほんとに」

「行ってそばに付いててあげなさい」

「うん」

「早く」

夫が先に背を向けて病院の入口へ歩き出した。あたしはその後姿が消えるまで見送ってから、痛痒い眼をこすりこすり駐車場へ向った。

*

深秋の候、皆様方には益々御清祥の事とお慶《よろこ》び申し上げます。

私こと、この度突然ですが一身上の都合に依り古里を閉店させて頂くことになりました。

振り返れば二十年もの長い歳月、一日として休む事なく古里の灯をともし続けられましたのも、皆様のあたたかいご支援ご愛顧の賜物《たまもの》と思っております。本当に有難うございました。皆様に頂いた数々の思い出と共に心より御礼申し上げます。

つきましては十一月二十一日・二十二日の両日、古里にて御挨拶旁々《かたがた》ささやかな会を催したいと思います。どうか皆様お揃《そろ》いでお越し下さい。お待ちして居ります。

かしこ

古里

香田ふみこ

＊

古里の最後の夜は顔見知りだけのほんとうにささやかな集りになった。

顔見知りというのは二十年の間ずっと通いつづけた常連、開店当時から店が流行《はや》ったときも傾いたときも変らず同じカウンターで飲み続けた客、ママと同様この店と同様に夜の街で長い歳月を生きのびた酔っ払いたち。それから、あたしを含めてむかし古里にホステスとして勤め、やめた後もママとの交際が続いている女性たち、いまは家庭に入り夜の街とは縁の切れた仲間もいれば、夜の街に残り自分で店を構えて今後も生き残っていこうと頑張る仲間もいる。

そういう人々が、いつも通りに午後六時から午前二時まで看板を灯《とも》した店にぽつりぽつりと現われては、ママとの最後の乾杯を交して去っていく。カラオケでにぎやかに盛り上がることはあっても、帰り際にママに向って別れの言葉を呟《つぶや》く段になるとどうしてもしんみりしてしまう。客が一人帰るたびにスナック・バーには似合わないしらけた静けさが訪れる。新しい客が入ってくるとまた一からやり直しという感じでにぎやかさが戻り、そして小一時間経《た》つと静かなさよならが繰り返される。

でもそれは周りがそうだというだけで、当のママはこれもいつも通り愛敬のある笑みをたやさない。久しぶりに見る顔であれば懐かしいと言って素直に喜び、常連の客が別れ際に言葉に詰ったりすると逆に肩をたたいて元気づける。あたしは開店時刻前からカウンターの中へ手伝いに入って働きながら、ママがいつ泣くだろういつ泣くだろうと見守っていたけれど、結局、おしまいまで泣かなかった。

あたしは十九の年から五年間、古里に勤めた。それから別の店へ移り、そこでバーテンダーをしていた夫と知り合い、もういちど戻って来て結婚までの一年間をまたママのお世話になった。ただそれももう十年前の話で、あたしはママが店を閉じるいきさつについては何も知らない。閉店の案内状が届く前に、夫から一言だけ報告を受けて驚いたくらいで。たぶん夫は細かい事情まで知っているのだろう。最後の夜に手伝いを頼まれたのも、夫を通じてのことだったから。ただ、その細かい事情とやらを訊ねても、夫はもともとそういう噂話をしたがらない男だし、無駄なのはわかっている。あたしも無理に聞くつもりはなかった。

二十年も続けてきた店の看板を、まだ引退するには早すぎる年齢で思いきりよく降ろしてしまうという決心までにはやはりそれなりの事情があったのだろう。それをあたしが聞き出したところでどうなるものでもない。自分の二十代前半を過した仕事場が今夜で失くなることはむろん寂しい気持がするけれど、当のママが二十年前の店開きのときと同じように笑顔のまま店を閉じたいという意向なら、むかし世話になった従業員の一人としてただ従うだけ。あたしばかりむやみに感傷にひたるわけにはいかない。

最後の最後に残った四人連れの客をママが外へ送りに出ると、店の中にいるのはあたしとホステスの女の子との二人きりになった。

女の子といっても二十代の後半、口数は少ないけれどきれいで感じのいい女性。彼女が洗い物を受け持ってくれるので、グラスや灰皿を引いてしまったあとは他にすることもない。急に身体の力が抜けたようで、カウンター席の真ん中に腰をおろしてみると思わず一つ溜息《ためいき》が洩《も》れた。その様子を見て、疲れたでしょうと洗い物をしながら彼女が声をかける。あたしはカウンター越しにうなずいて見せて、久しぶりだからと言い訳をした。ほんとうに久しぶり。こうやって働いたのは、勇太が生れる前だからもう八年ぶりくらいだろうか。そう思ったときカウンターの向うから彼女の声が訊ねた。

「マスター見えませんでしたね」

「……？」

「人参倶楽部の」

「……ああ、マスターなんて言うから誰のことかと思った。お店へ行ってくれてるの？」

「はい。もう四年、五年くらいになるかしら」

「そう、ありがとう」

「ここもいさむさんの紹介で入れてもらったんですよ」

「そうなの」

「ええ」

「いつから？」

「二ケ月くらい前」

「二ケ月って、じゃあ、お店が閉ることはもうわかってたんでしょう。それはきっと、紹介じゃなくて頼み込まれたのね？ 無理矢理」

「そんなことないんです。ちょうど前の店のママと折り合いが悪くて困ってたときだったし、それに、二ケ月でもふみこママと一緒に仕事をすればあとあと損にはならないっていさむさんに言われて、あたしもそう思ったし、だから何ていうか、渡りに船ってそういう言葉あるでしょう？ そんな感じ」

「そう」

「ええ。何かつくりましょうか？」

ママが戻って来て、あたしたちのどちらへともなくお疲れさまと声をかけた。

それからあたしの隣に腰かけると両手でカウンターの縁《ふち》をつかみいちど店の中をぐるっと見渡してから、まるで二十年ぶんの感慨をこめたという感じで、しかし短くほっと息を吐いた。お疲れさまでした、とあたしが言った。お疲れさまでした、と洗い物の手を休めて古里の最後のホステスが言った。

「ありがとう。ありがとう。陽子ちゃん、一杯ずつつくってよ、みんなで乾杯しましょう」

陽子がウィスキーの水割を三つつくった。

三人はそれぞれのグラスを相手のグラスと触れ合せ一口ずつ飲んだ。そのあとで、あたしは最初に話すべきだったことを切り出した。

「すいません、ママ」

「何？」

「あたし一人で……今夜で最後だというのに」

「そういえば、いさむ見なかったわね」

「ほんとにすいません」

「そんなに謝《あやま》るほどのことでもないわよ。きっとほら、来月にみんなであたしのお誕生会やってくれるそうだから、そんときに顔出すつもりなんでしょ」

「…………」

「その方がね、いさむは来やすいんじゃないの？　古里って店はあたしには思い出深いけど、でも今夜のことは開店の御祝じゃなくて店仕舞なんだから、いまさらそんな店に用はないって人間もいるし、つぶれる店なんか見たくないって人間もいる、いて自然よ、ただでさえ難しい商売なのに、店が一軒なくなるくらいで湿っぽくなってちゃ長生きできないわよ。それでいいの、今夜来てくれて一緒に泣いてもらってもどうにもならないんだから。来てくれなくても、店が消えて寂しいと思う人は一人でどこかで思ってくれてるわよ、それでいいの」

途中からあたしの耳はママの話を聴《き》いていなかった。何だかとつぜん身体中がだるくなったような感じがして、持ちこたえるのに懸命で。水割のグラスをぎゅっと握りしめていると大丈夫のようだったけれど、油断すれば真っ先に顔の筋肉が緩《ゆる》んでしまいそうでママの話の内容を聞き取るのは難しかった。

誕生会の話をあたしは夫から知らされていない。来月にみんなでというのはつまり古里の卒業生みんなでというほどの意味で、誰が発案者かは知らないけれど、その人はあたしに直接ではなく夫に連絡を頼んだのだろう。ところが夫は肝心な話をしてくれない。ママに贈る記念品の相談のときもおまえに任せるの一点張り、おかげであたしは迷いに迷ったあげくデパートでやっと洒落《しゃれ》たカーディガンを見つけて、その紙袋を今夜わざわざここまで提げて来て、誕生会があるのならそのとき渡したほうがずっと自然なのに、そう考えたとたんにいまここで渡すのは大げさなようで気が引けるし、かといってまた紙袋を提げて帰るのも間が抜けてるという、そんなバツの悪い思いを一人で味わわなければならない。情けない。ひとこと誕生会の話をしてくれたら恥をかかなくてすんだのに。あたしはグラスを握る手に力をこめた。油断すればそれを放り投げて情けないと叫びそうな気さえする。一息に水割を飲んだ。

「どうしたのよ、あんたが泣くことないでしょ」

「泣いてません。しょうがないんです、ほんとにもう……あいかわらずで」

「いさむ？　いい男じゃないの。陽子ちゃん、さっき頂いた色紙をちょっと。それからそこ片付いたら台所の方をお願い」

あたしは泣いてはいなかった。人前で泣き慣れていない涙はすぐに止る。流れ出る前に止る。陽子が奥の台所へ消えた。カウンターの上に一枚の色紙を斜めに立てて持ち、ママがあたしに笑いかけた。

「夫婦って、あたしは結婚の経験ないけど、見てるとときどき羨《うらや》ましいよね、50にもなって一人でいるのは失敗だったかなって思ったりする。電話でね、こないだあんたのこと訊ねたら、いさむ、しょうがないですあいかわらずでって、そう言ってた」

「それは何て書いてあるんですか」

「俳句よ。さっき帰ったお客さん俳句の先生で、記念に贈ってくれたの。行秋《ゆくあき》やっていうの。秋が行く。寂しい響きだけど心にしみる言葉だろうって、あたしとこの店のために詠《よ》んだんだって。行秋や……。眼鏡がないから見えないわ」

しかし眼鏡をかけても同じのようだった。三行に分けて墨で書かれた俳句は、達筆というのか一行めの行秋という文字がかろうじて読み取れるだけ。あとは判読できない。ママにも、むろんあたしにも読めない。

「やだ、これじゃ、せっかくだけど何が何だかわからないわ」

「ほんとに」

「でもいいじゃない、行秋。いい言葉だからそれ覚えただけでも、記念にね」

「ええ。行秋や……」

「眼鏡かけても読めないわ、と。恵子、あんたなんかまだこれからよ、眼が遠くなったらおしまいよ。あたしはね、いさむにも言い分があると思う、あいかわらずなのはどっちもどっちで。涙こらえて見せるにもいいときと悪いときがあるんだから」

「わかってるんです。すいません、こんなときに自分のことばかり」

「だったらもうおしまい。何だかおなか空《す》いたわね、陽子ちゃんもういいわよ」

陽子が台所から静かに出てきてあたしたちの前に立った。ふみこママは老眼鏡をはずして色紙の上に置き、何に向ってなのか無言で一度だけ、改まった御辞儀をして見せた。それから顔を上げてあたしと陽子とを交互に見ながら、何だかおなか空いたわね、と繰り返した。

いつもと同じ時刻、秋の終りの朝七時を迎える頃、あたしは相も変らずダイニング・キッチンのテーブルに向い緑茶をすすっている。セーターを着込んで、厚手のソックスを履いて。窓越しに見るベランダの向うの景色は、山寄りに遠い方の半分だけ朝陽に黄いろく染まり暖められている。手前の方はまだ冷え冷えとした感じで公園の樹木も露を含み眠ったまま。しんとした静けさの中、子供たちが数を唱える声もまだ聞こえない。けれど、もうじき車の止る音が耳もとへ届くだろう。夫は帰って来るだろう。そろそろ居間のヒーターのスイッチを入れた方がいいかもしれない。

おとつい、そしてきのうと夫は家に帰らなかった。まだ病院に付き添っているのだろうか、それにしても着替えにくらい戻ればいいのに、あたしがもうあれ以上何も言わないことはわかっているはずなのに。それとも逆に、あたしが何も言わないから戻れないと夫は言うだろうか。子煩悩《こぼんのう》な夫がまる二日勇太と千恵子の顔を見ずに一人で過したのは、あたしへの罪ほろぼしの気持からだろうか。病院でなければ、サウナ風呂へでも泊って下着を替えたのだろう。隠し事が一つ知れるたびに無駄なお金を使って、子供たちに会いたい気持を押えて。こんなことは前もあった。何度もあった。ゆうべ夫は店を開けたのだろうか。あたしからの電話をカウンターの中の丸椅子に腰かけて待っていただろうか。

しかし今朝、夫はもうじき帰ってくる。すべてを包み隠さず話してしまうために。あたしは黙ってうなずきながら自殺未遂をしたホステスにまつわる話に、彼女と夫との物語に耳を傾けるだろう。

その話を聞いたあとであたしにできる事が何か残っているだろうか。夫はまた言い辛そうな眼で何事かあたしに頼むだろうか。いずれにしてもあたしはただうなずいて見せるだけだ。すると夫は難しい宿題を解いた子供のような晴れ晴れとした顔つきで、隠し事などもう世の中に一つもないといった感じであたしに笑いかけ、安心して眠りにつくだろう。そして再びいつも通りの結婚生活、十年間つづけてきた毎日の繰り返し。子煩悩な父親、父親似の子供たち。あたしは明日もあさっても自分の口には合わない朝食を彼らのために用意するだろう。

あたしは椅子を立ち、居間のヒーターのスイッチをひねる。

車の音が徐々にこちらへ向って近づいてくる。あたしにはそれが聴こえる。

窓の前に立って眺めると外はアパートの周りだけまだ明けていない。両手をまわして自分の身体を抱く。公園の樹々の梢を陽射しがきらめかせる。秋の終りの朝。駐車場の砂利のきしむ音がすぐ耳もとで聞こえる。寝室で勇太が数を唱えはじめじきに千恵子の声が加わり、やがて、金属と金属との触れ合う澄んだ音が響いてドアが開く。子供たちが玄関へ駆け出して行く。冬の間近い朝。夫は今朝も、いつものように帰ってくる。

解説——海辺の街、夜の人々

重里《しげさと》徹也《てつや》
（毎日新聞論説委員）

1

中島《なかじま》みゆきに喫茶店のマスターに向かってぼやいている歌がある。ふられたら、いつもその店にやってくるという歌詞だ。マスターはもう三十二歳になっている。昔はミルクを飲んでいたのに、今はバーボンなんか飲んで。実はマスターと歌の話者（女性）は何かの感情のやりとりがあったのかどうか、でも私たちいつまでもこのままね、という感じで歌は終わる。

この『人参倶楽部』を読みながら、しきりにこの歌を思い出していた。それでとうとう昔に買ったCDを聴いたりしていた。どうしてなんだろう。小説と中島の歌の間に関係はない。ひょっとしたら、佐藤正午が札幌の大学に在籍していたことがあるので、その連想だろうか。それにしても、佐藤は中島の歌なんて聴くことがあるのだろうか。少なくても、この本の中では彼女の歌声が響くことはない。

『人参倶楽部』は魅力的な連作短篇集だ。この作品の面白さを挙げるために、まず、三つの枠組みを確認しておきたい。

一つはこの作品に描かれている時代だ。主人公はあまり大きくはないスナック、人参倶楽部のマスター、いさむ。彼は一九八〇年の夏の終わりにこの店を開いた。それから七年たっている。つまり、小説に描かれているのは一九八七年ということになる。今から四半世紀前だ。彼には妻と二人の子供がいる。店は当初、妻と二人で始めたのだが、子供ができてから、いさむ一人で切り盛りしている。

一九八七年がどういう年だったか。東京でいえば、バブル経済が始まる直前の時期だ。地価や株価はやがてくる狂乱の時代に備えて力を蓄えていた。これというヒット曲は思い出せない。村上春樹《むらかみはるき》の『ノルウェイの森』や俵万智《たわらまち》の『サラダ記念日』がベストセラーになった年だ。

ちなみに阪神タイガースの一番バッターは、この小説に出てくる通り、セカンドの和田豊《わだゆたか》。彼が二十五年後に監督をやっているなんて、ファンはあまり考えつかなかったのではないだろうか。まあ、将来、誰がプロ野球球団の監督をやるかなんて、わかりそうで、なかなかわからないものだけれど。

　二つ目の枠組みは、主人公が属している世代だ。いさむはこの時、三十五歳。ということは一九五二年ごろの生まれになる。佐藤正午より三歳ぐらい年上だ。元気で、うるさくて、こだわりの多い団塊の世代（一九四七年から一九四九年ごろの生まれ）の下。おしゃれで、軽くて、ツルンとしている新人類（一九六〇年代ごろの生まれ）の上。そんな言葉はないのかもしれないけれど、狭間の世代というか、決定的に何かが終わってしまっていて、その後を生きるしかないのだけれど、軽くも、快くもなれず、消費に明け暮れる日々を送る踏ん切りもつかず、けっこう真面目に生きているのだけれど、どこかで不全感を抱えている世代といえばいいだろうか。

　この小説の全体はこの世代のやるせなさや戸惑いが基調になっている。それは、いさむの生きる態度によく表れている。

　そして三つ目の枠組みは、小説の舞台になっているのが地方の街だということだ。近くにある大きな都市は博多（福岡市）で、この街のスナックのママが気に入れば、週に二回、博多から車を飛ばして会いに来る客もいる。といっても、そんなに近いわけではない。博多の都市圏にあるというのではないのだ。それぐらいの距離。女性も博多へ行くことがある。その時は天神（福岡市の中心部にある繁華街）で買い物をする。いさむが暮らしている街は、海に面していて、海岸通りでは朝市が開かれる。そこでは野菜や卵やベーコンも買える。たぶん、この街は九州か、あるいは山口県にあるのだろう。

つまり、この連作短篇集は、一九八七年の九州かその近辺の街を舞台に、一九五二年生まれの三十五歳のスナックのマスターを中心にした人間模様を描いているということになる。

東京でも、大阪でも、地方の中核都市でもない海辺の街。そこのスナックでは酒だけでなく、コーヒーも、高菜ピラフや山菜入り雑炊も出す。朝までやっているので、仕事を終えた夜の商売の人たちもやってくる。そこで、否応なく恋が生まれ、人と人がくっついたり、別れたりするうちに、ある生活実感が浮かび上がってくるという作品だ。

2

これは十年ぐらい前に、作家の阿刀田《あとうだ》高《たかし》さんが言っていたことだ。アメリカでは精神科医がとても多い。人々は気軽に精神科で診てもらい、処方箋をもらう。あるいは、ホームドクターのような精神科医を持っている人もいるのだろう。

日本では近年、随分と事情が変わってきたとはいえ、アメリカのようにたくさんの精神科医がいるわけでも、誰もが気軽に心の変調を相談しにいくわけでもないだろう。じゃあ、誰が精神科医の代わりをやっているのだろうか。おそらく、夜の飲み屋ではないかというのだ。クラブやスナックの女性たち。そこで、男たちは上司の批判をし、会社や家庭の愚痴を聞いてもらい、仕事がうまくいかないことの悩みを打ち明ける。胸の内をさらすことで、少なくない男たちは心の負担が小さくなり、ストレスが和らげられ、精神的なバランスを取り戻す。

この説を聞いた時、なるほどなあと思った。確かにそう考えれば、盛り場のクラブやスナックの女性たちは精神科医のような役割を担っているのかもしれない。それでは、さんざん好き勝手な言葉を聞き、失敗を慰め、明日からの日々を元気づけ、男たちの濃淡さまざまな性欲の対象になった女性たちはどこへ行くのだろう。

もちろん、人参倶楽部へ行って、いさむと話をするのだ。

いさむは第一に聞く人である。野球でいえば、キャッチャー。どんなボールでも一応、受ける。ときどきサインを出して、投げるべき球種を教えることもある。ちょっと引用してみよう。

「さて」

と私は口を開いた。

「どうして長い髪をばっさり切った？」

「聞いてくれる？」

「乾杯したときからそのつもりだった」

「シャンプーが面倒だからよ」

私は笑顔をつくってうなずき、もっと他の理由を（もしあれば）相手が喋り出すまで待った。

女性たちは自分から問わず語りに話し出す。多くは、うまくいかない恋愛のこと。妻子のある男と付き合っているけれど、別れられない。客と親しくなって結婚を申し込まれた。とても条件のいい人なんだけれど、決心がつかない。嫉妬深いチンピラを持て余している。彼が暴力をふるう。家庭に恵まれなかった女性が多いのだが、しっかり仕送りをしたりしている。けなげで懸命な女性たち。

いさむは彼女たちの心の隙間を埋めるように関係を持つ。それも、しばしばだ。相手から恨まれるような湿った恋愛じゃない。乾燥機でじめじめとした部屋を乾かしたり、髪を乾かすドライヤーをプレゼントしたりする恋愛だ。

3

この『人参倶楽部』は十篇の短篇が連なってできている。五篇はいさむが一人称の「私」として語る作品だ。そして、残りの五篇はいさむとかかわりのある人物たちが視点になった物語だ。

両者は交互にはさまれている。いさむの目で見ていた世界が、次には別の人物の視点で描かれる。そこでは、いさむも客観的な登場人物の一人になっていたりする。こんな構造を持っているために、街も、酒場も、夜も、立体的に見えてくる。さっきは影になっていた部分に、次の短篇では照明があてられる。

作品のこういう構造は、世界に中心などないんだと訴えているような気がしてくる。一つの中心があって、そこをグルグルと回っているような世界は嘘っぱちで、実は人の数だけ、街の数だけ、店の数だけ、夜の数だけ、中心があるという思いが伝わってくるようなのだ。

ただ、読み進むにつれて、作品の底に重りのようなものがあるのに気づかされる。船でいえば、バラスト。読者はだんだんとその存在に気づいていく。フワフワとしているようないさむをこの地上の世界につなげているもの。

文庫本の解説でどこまで書いていいのか迷うところだが、この本の前半から、引用しておこう。

いさむは杉本陽子という女性と付き合っている。感じのいい女性だ。でも、彼はすべてを捨てて陽子に入り込むというわけではない。週に一度、彼女の部屋に泊まる。妻にはマージャンだといっているし、友人たちは口裏を合わせてくれている。でも、妻は気づいていたに違いない。そんな事情を説明した後に、こんな文章が続く。

いつものように私から女房に告げることは何もなく、女房の方からもし切り出すと

すればそのときを待つしかなかった。なぜなら、私は女房と子供を犠牲にしてまで陽子との恋にのめりこむつもりはなかったからである。なんべんもなんべんもその点を自分に確認し、なんべんもなんべんも同じ答に達していたからである。

いさむの妻の肖像は小説を読み進むうちに少しずつ見えてくる。とても賢くて魅力的な女性だ。いくらさまざまな女性と関係を持っても、こういう女性が妻なら、帰っていくだろうと感じさせる。ある意味では理想の女性像かもしれない。

唐突な連想だが、私は太宰治《だざいおさむ》の短篇『ヴィヨンの妻』を思い出した。「私たちは、生きていさえすればいいのよ」。もう少しでそんな言葉が、いさむの妻から聞こえてくるかもしれないと思ったりする。

彼女が登場することで、この一冊がぐっと引き締まる。それで、何度も何度も読み返したくなった。

佐藤正午　著作リスト（2012年12月6日現在）

★＝長編　●＝短編集または連作短編　○＝エッセイ集、その他
（単独著作のみとし、共著、アンソロジーなどは除いています）

1★永遠の½
84年1月　集英社
86年5月　集英社文庫

2★王様の結婚
84年12月　集英社
87年7月　集英社文庫

3★リボルバー
85年11月　集英社
88年4月　集英社文庫
07年12月　光文社文庫

4★ビコーズ
86年4月　光文社
88年5月　光文社文庫

5★恋を数えて
87年2月　講談社
90年4月　講談社文庫
01年11月　角川文庫

6★童貞物語
87年3月　集英社
90年5月　集英社文庫

7●女について
88年4月　講談社
91年4月　講談社文庫（「卵酒の作り方」を追加収録して、『恋売ります』と改題）
01年4月　光文社文庫（『女について』と改題）

8★個人教授

88年12月　角川書店
91年9月　角川文庫
02年3月　角川文庫

9●**夏の情婦**
88年12月　集英社
93年3月　集英社文庫

10○**私の犬まで愛してほしい**
89年6月　集英社文庫

11●**人参倶楽部**
91年4月　集英社
97年1月　集英社文庫
12年12月　光文社文庫〈本書〉

12★**放蕩記**
91年8月　講談社
98年2月　ハルキ文庫

08年10月　光文社文庫

13●スペインの雨
93年5月　集英社
01年9月　光文社文庫（「クラスメイト」を追加収録）

14★彼女について知ることのすべて
95年7月　集英社
99年1月　集英社文庫
07年11月　光文社文庫

15★取り扱い注意
96年12月　角川書店
01年7月　角川文庫

16●バニシングポイント
97年3月　集英社
00年2月　集英社文庫
11年9月　小学館文庫（『事の次第』と改題）

17 ★
Y
98年10月　角川春樹事務所
01年5月　ハルキ文庫

18 ●
カップルズ
99年1月　集英社
02年1月　集英社文庫

19 ●
きみは誤解している
00年5月　岩波書店
03年10月　集英社文庫
12年3月　小学館文庫

20 ★
ジャンプ
00年9月　光文社
02年10月　光文社文庫

21 ○
ありのすさび
01年1月　岩波書店

07年3月 光文社文庫

22 ○ **象を洗う**
01年12月 岩波書店
08年4月 光文社文庫

23 ○ **Side B**
02年12月 小学館
07年7月 小学館文庫

24 ○ **豚を盗む**
05年2月 岩波書店
09年3月 光文社文庫

25 ● **花のようなひと**
05年9月 岩波書店

26 ○ **小説の読み書き**
06年6月 岩波新書

27 ★ **5**

07年1月　角川書店
10年1月　角川文庫

28★　アンダーリポート
07年12月　集英社
11年1月　集英社文庫

29●　幼なじみ（短編一編を収録）
09年2月　岩波書店

30★　身の上話
09年7月　光文社
11年11月　光文社文庫

31○　正午派
09年11月　小学館

32★　ダンスホール
11年6月　光文社

一九九一年四月　集英社刊
一九九七年一月　集英社文庫

光文社文庫

人《にん》参《じん》倶《く》楽《ら》部《ぶ》
著者　佐《さ》藤《とう》正《しょう》午《ご》

2012年12月20日　初版1刷発行
2017年8月15日　2刷発行

発行者　鈴木広和
印刷　慶昌堂印刷
製本　榎本製本

発行所　株式会社　光文社
〒112-8011　東京都文京区音羽1-16-6
電話　(03)5395-8149　編集部
8116　書籍販売部
8125　業務部

ISBN978-4-334-76506-4　Printed in Japan

組版　萩原印刷